片恋

愁堂れな

幻冬舎ルチル文庫

CONTENTS ✦目次✦

罪な片恋

✦カバーデザイン＝小菅ひとみ（CoCo.Design）
✦ブックデザイン＝まるか工房

イラスト・陸裕千景子✦

罪な片恋

1

「吾郎《ごろう》、ランチに行かないか？」

「田宮《たみや》さん、お昼、行きましょう。久々に小洞天まで足、延ばしません？　シュウマイ定食、好きでしたよね？」

今日もまた、正午にあと十分という時間になった途端、田宮吾郎の周囲で彼とのランチを巡り、二人の男が争い始めた。

「ソバというのを食べてみたいんだ。吾郎、連れて行ってくれないかい？」

「蕎麦《そば》屋くらい一人で行けるだろ？　さあ、田宮さん、シュウマイ、行きましょう！」

「そんなに行きたいのなら、君こそ一人で行けばいいだろう」

「だからシュウマイは田宮さんの好物なの」

喧々囂々《けんけんごうごう》、目の前で言い争う二人を前に、やれやれ、と溜《た》め息をついた田宮は専門商社勤務のサラリーマンである。

今年三十歳になったが、見た目は大袈裟《おおげさ》ではなく、二十歳そこそこにしか見えない。

第一印象で、万人に対しマイナス感情を呼び起こすことのない美貌《びぼう》の持ち主ではあるのだが、本人にはその自覚がまるでない。

社内外を問わず、彼の『ファン』は多いが、異性同性共に、彼が接する者の心を捉《とら》えるのは、天性の美貌のためだけではなかった。

『気立てがいい』というのは彼のためにあるのではといわれるくらい、思いやり溢《あふ》れる優しい男なのである。

反面、負けず嫌いで気の強いところもあるが、竹を割ったようなさっぱりした性格をしているために、たとえ意見の違いから争いごとになったとしてもあとを引くことはない。

外見は『綺麗《きれい》』『可愛《かわい》い』と、どちらかというと女性的な印象を与えるが、内面は非常に男らしく、そのギャップもまた彼の人気に拍車をかけているのだった。

そんな彼は今、『法律上は』独身である。それではさぞ、周囲からのアプローチも凄《すご》かろうと推察できるが、彼に言い寄る男女は現状ほとんどいない。

理由は三つあり、アプローチをしかけられても田宮自身が気づかず流してしまうため。二つ目は人気が非常に高いために、それぞれが牽制《けんせい》し合っているため。三つ目の理由は、現在彼に対し、絶賛猛烈アプローチ中の男が、抜け駆けは許すまじと目を光らせているためだった。

その男の名は富岡雅己《とみおかまさみ》という。入社は田宮より四年下だが、院卒ゆえ年齢は二歳下という同じ課所属の後輩である。

身長は百八十センチ以上、大学時代は理系体育会テニス部でならしたスポーツマンである上、頭脳も営業センスも飛び抜けており、上司からの覚えもめでたい。ルックスは、女子社員をして『上の上』といわしめるほどで、いかにも今時の若者らしい、一歩間違えると『ちゃらい』といわれかねない有名ブランドのスーツを趣味よく着こなしていた。

以前は実際に『ちゃら』くもあり、『合コンキング』の異名をとるほどだったのだが、田宮を好きになってから、多いときには週に三日以上も参加していた合コンにもぴたりと行くのをやめてしまった。

合コンに注いでいた情熱をすべて田宮へのアプローチへとあてているので、今や社内で彼が同性である田宮に惚《ほ》れているという事実を知らない者はまずいない、という状況になっている。

『法律上』ではないパートナーがいる田宮がいくら、思いを受け入れることはできないと断って断って断り倒しても、少しもへこたれることなく、日々手を変え品を変えアプローチをしかけることをやめないしつこさは、当事者の田宮は勿論《もちろん》、周囲をも辟易《へきえき》させていた。

その彼に、ここにきて『ライバル』が現れた。というのも、先週田宮と富岡の課に、米国の現地法人に勤めるナショナルスタッフ――現地にて採用された社員をこう称する――が一人、逆留学生として配属になったのである。

『逆』というのは、日本勤務の社員がトレイニーとして現地法人に、語学や業務の研修に行くケースはあったものの、海外の現地法人のナショナルスタッフが、日本の本社に留学するケースは今までなかったためだった。

ナショナルスタッフ側から強い要望があったとのことで実現したその『第一号』は、アラン・セネットという二十五歳のアメリカ人で、なぜだか海外とはまったく縁のない田宮の部署、しかも田宮の下に配属されることとなった。

その指示が部長から下ったとき、田宮は頭を抱えてしまった。というのも彼は、英語が酷《ひど》く苦手だったのである。

業務命令と言われずとも、傍目《はため》には無駄、もしくは無理といわれた仕事に対して果敢に取り組む田宮ではあるが、英語に関してだけはどうしても腰が退けてしまうのだった。

田宮は恐る恐る部長に、協力はしたいがコミュニケーションがとれないので無理だと思う、と訴えた。

「その点に関しては問題ないそうだ」

部長曰《いわ》く、アランという留学生は、第一号に志願しただけのことはあり、日本通な上に日本語も日常会話程度なら話すことができるらしいとのことだった。

しかし、仕事を教える自分が片言にもならない程度、教えられる相手が『日常会話』では、やはり込み入った業務の話などはできないのではないかと田宮は不安になり、再度、他に

――たとえば英語の堪能な富岡に変更してもらえないかと頼んだのだが『もう決まったことだから』と却下されてしまった。

常に前向きな田宮であるので、これを機に英語を勉強しようとは考えたものの、一週間後の着任では間に合うわけもなく、戦々恐々として留学生を迎えたのだが、着任したアランの日本語能力は『日常会話』を遥《はる》かに越えていた。

「はじめまして。アラン・セネットです。どうぞアランと呼んでください」

部員たちの前で、にこやかに微笑《ほほえ》み挨拶《あいさつ》した彼の日本語は、アナウンサー以上に綺麗な発音の標準語だった。

発音だけではなく、自己紹介の続きで皆は、彼がかなりの語彙《ごい》を持つ上、尊敬語や謙譲語までマスターしていることを知ったのだった。

「日本は憧《あこが》れの地でしたが、訪れるのは初めてです。慣習の違いなどでご迷惑をかけることもあるかと思いますが、ビシビシと鍛えていただければと思っております。不束者《ふつつかもの》ですが、なにとぞご指導のほど、よろしくお願い申し上げます」

そうして深々とお辞儀をしたあたり、『慣習』のほうも実はマスターしているのでは思わせたこのアランは、卓越した日本語力以外にも、田宮たちの目を丸くさせた。

というのも彼は、まるでハリウッドスターのような金髪碧眼《へきがん》のハンサムガイだったのである。

身長は百八十五センチはありそうだった。一流の水泳選手のような、バランスのとれた見事な体躯《たいく》をしている。

加えて、端整というにはあまりある整った顔立ちをしているのだが、その雰囲気は陽気なアメリカン、というよりは、欧州の王子様、といったほうが相応《ふさわ》しかった。

皆の前で挨拶が終わると、部長はアランに田宮を紹介した。

「君に仕事を指導する田宮君だ」

それに対するアランのリアクションは、まさに『アメリカン』そのものだった。

「so cute !!」

いきなりそう叫んだかと思うと、満面に笑みを浮かべ、右手を差し出してきたのである。

「あ、あの……」

キュートってなんだよ、と思いつつも、ここは握手か、と田宮はその手を握ったのだが、その瞬間アランは田宮の手を両手で強く握り締め、彼をぎょっとさせた。

「あなたのような可愛らしい人にいろいろと教えてもらえるとは、なんたる幸運だろう！名前を教えてもらえるかな？」

「……田宮、ですけど？」

田宮はアランが二十五歳であることを知っていた。が、アランは田宮の年齢を知らないようで、見た目で自分より年下と判断したらしく、実にフレンドリーに話しかけてきた。

それに対し、田宮もまたフレンドリーに答えようかとも思ったのだが、部長以下、皆が見守る中、社会人として当たり前の対応をしようと丁寧語で返したのだった。

それでまたアランは、田宮が自分よりも若いという確信を深めたらしく、ますます気易《きやす》い口調となったばかりか、いきなり肩まで抱いてきた。

「もちろん、ファミリーネームは知っている。今聞いたからね。僕が君みたいな綺麗な子の名前を忘れるわけがない。僕が知りたいのは君のファーストネームだ。君のことをなんて呼べばいいのかな？」

「『田宮先輩』に決まっているでしょう」

ここでアランに答えたのは、田宮ではなく富岡だった。

答えるばかりか、つかつかと二人に向かい歩み寄ってきた彼は、乱暴な所作で田宮の肩にかかっていたアランの手をはねのけ、じろりと彼を睨《にら》みつけた。

「これはまた、ハンサムガイだね」

ヒュー、とアランが口笛を吹き、富岡を見やる。

「君は誰？」

「富岡だ。田宮さんのパートナーだ」

「ちょっと待て！　嘘《うそ》を言うなよな！」

胸を張り、自己紹介をした富岡を、田宮が慌てて怒鳴りつける。

このあたりで部員たちは皆、またはじまった、と肩を竦《すく》めつつ、自席へと戻っていった。富岡のこうした言動はまさに『日常茶飯事』で片付けられてしまうほどに、部内、ひいては社内に浸透していたのである。

「仕事上の相棒です。プライベートも勿論、相棒になりたいですが」

「仕事上でも相棒じゃないだろ？　やってる仕事、違うんだから」

もう、いい加減にしなさい、と田宮もまた、部員たち同様いつものように流したのだが、初めてこれを目の当たりにしたアランは相当驚いたらしい。

「さすが、本社はリベラルだね。ゲイのパートナーがこうも当たり前に受け入れられているとは。米国法人も見習ってほしいな」

しきりに感心するアランに、いつの間にかカップル認定された田宮は焦って彼の認識を改めようと口を開いた。

「ちょ、ちょっと待ってくれ。俺たちは別に、ゲイのカップルじゃないよ」

「そのとおり。部公認……いや、会社公認のカップルだからな。わかったら田宮さんにちょっかいかけるんじゃないぞ」

全力で否定する田宮の横から、富岡が思いっきり肯定する。

「富岡！」

嘘を教えるな、と田宮が彼を怒鳴った声と、アランの、

「これは面白い！」

という、心底楽しんでいる様子の高い声が重なって響いた。

「え」

何が面白いんだか、と啞然《あぜん》とし、田宮がアランを見やる。が、アランの視線は田宮にはなく、真っ直《す》ぐに富岡を見つめていた。

「その挑戦、受けてたとう」

「わからない男だな」

富岡が不快そうに顔を歪《ゆが》める。

「ちょ、ちょっと……なんだよ『挑戦』って」

雲行きが怪しい、と田宮は二人の間に割って入ろうとしたが、互いに火花を散らしている彼らには、田宮の言葉は耳に入っていないようだった。

「なぜ？　彼は君の所有物じゃない。意思のある人間だ」

「意思があるからこそ、田宮さんは僕を選んでるんだ」

「それは僕が現れるまでの話だろう？　人の気持ちは変わるものだよ」

「もう！　いい加減にしろっ！」

当然のことながら、決してなりたいわけではないものの当事者である自分の意思を無視しまくり、無益な、そしてはた迷惑な言い争いをやめようとしない富岡とアランを前に、田宮がとうとう切れた。

富岡にとっては、田宮から怒鳴りつけられるのはほぼ日常茶飯事であるので驚くこともなかったようだが、初対面のアランは相当驚いたらしく、物凄い剣幕でまくし立て始めた田宮を前にぽかんと口を開けていた。

「富岡！　俺がいつからお前を選んだ！　そしてアランさん！　あなた、日本には遊びにきたわけじゃないでしょう？　いつまでくだらない言い争いをしているんです！」

「……すみませんでした」

田宮が真剣に怒っていることを察した富岡が素直に謝る。だが、アランのリアクションは違った。

「素晴らしい!!」

いきなり歓喜の声を上げたかと思うと、強引に田宮の手を取り、両手で握り締めてきたのである。

「な……っ」

思いもかけない行動をとられ、怒りに水を差された感となった田宮が絶句したかわりに、今度はアランが物凄い勢いで英語をまくし立てはじめた。

「ちょ、ちょっと……っ」

意味はわからないものの、ワンダフルだのグレートだの、自分が賞賛されていることはなんとなく田宮にもわかった。

わかりはしたが、自分の怒りに対するリアクションとしてはおかしい上に、英語ができないことに対するコンプレックスが、彼の口を塞《ふさ》いでいた。

と、そこに富岡が突然、田宮とアランの間に割って入ったかと思うと、彼もまた物凄い勢いで英語を話し始めた。

同時に田宮の手を握っていたアランの手を振り払った富岡は、一段と大きな声で、

「わかったな！」

と日本語で告げ、凶悪な目でアランを睨んだ。

「…………了解した」

アランが肩を竦め、頷《うなず》いてみせる。

「…………あの…………」

アランの英語もわからなかったが、富岡の英語もほぼ、わからなかった、と、田宮は、おずおずと富岡に状況説明を求めた。

「あとで説明します。それより、社内への紹介と案内、僕も同行しますんで」

富岡はそう言ったかと思うと、啞然としている田宮の手をぎゅっと握り締めてきた。

「大丈夫です。田宮さんは僕が守りますから」

「それはいいから」

やっていることはアランと一緒じゃないか、と富岡の手を振り払い睨み付ける。富岡は慣れたもので、少しも応《こた》えた素振りを見せず、

「それじゃ、まず経理から行きましょうか」

と田宮に笑顔を向けたのだった。

そういったわけで、着任したその瞬間から、アランは田宮にとって頭の痛い存在となった。とはいえ、仕事に関してはほぼ、問題はない。『日常会話』どころか彼はかなりの専門用語も理解しており、指導に困ることがない上、理解力も部内で彼と同年代の若者と比べても群を抜いてよかった。

田宮の部は国内営業が主体であり、取引先もいわゆる『泥臭《どろくさ》い』印象の企業が多い。そんな業界特有の空気にもアランはすぐに慣れ、着任一週間にして、田宮の客先二社を彼に引き継ぐことが決定した。

多忙を極めていた田宮にとってはラッキーとしかいいようがなかったのだが、その幸運と同じくらい——否、それ以上の不運を背負い込むことになった。今まで富岡一人でも持て余していた激しいアプローチを、アランからも受けるようになったのである。

当然ながら富岡がアランに対抗しないわけもなく、田宮の周囲は今までとは比べものにならないくらいに騒々しくなった。

逆トレイニーが二十五歳の、ハリウッド俳優と見紛《みまが》う美青年であるというだけでも話題に

なっていたのに、その彼が富岡と二人して田宮を狙《ねら》っているとなると、更に噂《うわさ》の輪は広がった。常に好奇の目で見られることに対し、田宮は辟易としていたのだが、アランも富岡も、人の目が気にならないという点では一致しており、二人の『争い』は日々エスカレートしていった。

昼食時になるといつも、どちらが先に田宮を誘うかで、軽い諍《いさか》いが起こる。結果、三人で行くことになるのだが、店に着いたら着いたで、そこでまた一悶着《ひともんちゃく》あり周囲の注目を集める。それが日常となっていることに、田宮はほとほと参っていた。

今日のランチは結局、アランの希望の蕎麦も、富岡の推薦のシュウマイ定食も却下し、社員食堂に行くこととなった。

「社食もたまにはいいですね」

食にうるさい富岡は、特段美味《おい》しいわけでも、その上特に安いわけでもない社食を嫌い、ほとんど足を踏み入れない。なので敢《あ》えて『社食』を選んだのだが、予想に反し富岡は田宮とアランについてきて、わざとアランを無視し、田宮にばかり話しかけてきた。

「ところで田宮さん、明日、時間あったらD工業、同行してもらえませんか？　八重洲のビルの改修、間もなく業者が決まりそうなんですよ」

アランが入ってこられない話題を選んでくるあたり、今日も争う気満々だな、と田宮は呆《あき》れながらも、ちょうどよかった、と話題に乗る。

「Ｄ工業はこれからアランが担当するから」

「え」

唖然とした顔になった富岡に向かい、アランが慇懃無礼《いんぎんぶれい》としか思えない態度で、

「よろしくお願いします」

と頭を下げる。

「ちょっと待ってくださいよ。また二人で組んでミラクル起こそうと思ってたのに」

冗談でしょう、と泣きついてくる富岡を「決まったことだから」と田宮は押し戻すと、食事も終わったことだしと、席に戻ったのだった。

午後はアランへの引き継ぎに時間を費やし、気づいたときには時計の針は午後九時を回っていた。

「あ、悪い。もうこんな時間か」

まさかこうも遅くなっていたとは、と田宮は慌てて説明を打ち切り、アランに詫《わ》びた。指導を受ける側から、そろそろ切り上げようとは提案できないだろうと思ったからである。

夕食もとっていなかったため、空腹を我慢していたのでは、と、田宮はそれを気遣い、アランに尋ねた。

「腹、減っただろ？　悪かったな」

「大丈夫だよ。吾郎は空腹かい？　食事に行こうか」

アランは田宮をファーストネームで呼ぶ。海外ではそれが当たり前と言われては、やめてほしいと断ることもできず、田宮はその呼び方を受け入れていた。

呼び名だけでなく、アランの口調も非常にフレンドリーであり、それもまた、富岡が対抗心を燃やす要因の一つになっていたのだが——富岡もまた『吾郎さん』と名前で呼びたいと申し出たのを、お前はアメリカ人じゃないから、と田宮は即座に却下したのだった——今夜もごくごく自然に、名前呼び、しかもタメ口で誘いをかけてきたアランの横から、富岡が口を挟んできた。

「食事に行くなら僕も行きますよ」

「ああ、そうだ、吾郎。今日は車で来ているんだ。よかったら家まで送るよ」

だがいつものようにアランは富岡の発言などまるで聞こえないふりをして、田宮のみに誘いをかけてくる。

家まで来られては大変、と田宮は、ぎょっとし、

「いいから!」

と即座に断った。

「吾郎?」

「ちょっと用事、思い出した。車で来ているのなら、富岡を送ってやってくれ」

それじゃあ、と田宮が慌てて身支度を調《ととの》えフロアを飛び出したのは、一度言いだしたらな

かなか引こうとしないアランに、このままでは車に押し込まれかねないと思ったためだった。

「吾郎！」

「田宮さん！」

アランと富岡、二人の声を背に田宮はエレベーターホールまでダッシュすると、ボタンを連打して呼んだ箱に飛び乗り、すぐさま『閉』のボタンを押す。

エレベーターの扉が閉まると田宮は、彼以外無人だった箱の中、壁に背を預け、やれやれ、と溜め息をついた。

海外からのトレイニーの受け入れに関して、心配していた語学の問題はなかったが、毎日がこの調子ではたまらない。

ここは一度、アランにきっぱりと、自分にはパートナーがいると言ったほうがいいのか、と天井を見上げたあたりでエレベーターは地下一階に到着し、通用口目指してダッシュしたあと田宮は会社の前に停《と》まっていたタクシーに乗り込んだ。

「すみません、九段下、お願いします」

まだ九時過ぎだというのに田宮が電車ではなくタクシーでの帰宅を選んだのは、騒がしいとしかいいようがない日々をここ一週間ほど送っていることに、さすがに疲れてきたためだった。

アランも富岡も、まだ一人ずつなら対応もできた。が、二人揃《そろ》うと最早《もはや》、田宮の手には負いかねる存在となっていた。

アランとは文化の違いもあり、まだ知り合って日が浅いゆえ、ここは富岡に申し入れ、くだらない争いをやめさせるしかないか、と田宮が溜め息をついたときに、タクシーは九段下の駅近くに到着した。

まだ家までは少し距離があったが、田宮はいつものように運転手に声をかけ車を停めた。田宮が家の前までタクシーを乗り付けないのには、理由があった。その『理由』は、アランに住居を悟られたくない理由と合致していた。

というのも、今、田宮が住んでいる『家』は彼のものではなく彼の恋人の家であり、しかもそこが警察の官舎であるためだった。

田宮の恋人は警視庁捜査一課勤務の高梨良平《たかなしりょうへい》という警視であり、付き合い始めて二年になろうとしている。

先月まで二人は、東高円寺にある田宮のアパートに住んでいたのだが、その部屋が高梨に恨《うら》みを抱《いだ》いていた者により爆破されたため、住居を失った田宮を高梨は官舎へと連れてきたのだった。

家族でもない自分が、警察の官舎に入っていいものかと田宮は躊躇《ちゅうちょ》したが、高梨に上司の許可を得たのでここで一緒に暮らそうと言われ、共に住み始めた。人事部には新住所の届け出はしたものの、できるだけ田宮は自分が官舎に住んでいることを人に知られないようにと心がけていた。高梨の迷惑になっては困ると考えていたためである。

官舎はマンションのような造りで、他の住民と顔を合わせることは殆《ほとん》どなかった。官舎であれば、掃除等の当番が当然回ってくるのではと田宮は考えていたのだが、高梨の話によるとそういったものはないとのことで、当番制に組み込まれた場合、住民たちから好奇の目で見られるのでは、と案じていた田宮はほっとしたのだった。

高梨との関係に、後ろ暗いことは何もない。が、彼の迷惑にはなりたくない。同性同士が愛し合うことはまだ、世間全般に受け入れられているわけではなく、こと、公務員、しかも警察官に対する世間の目はより厳しいものになると、田宮は判断していた。

自分はどんな目で見られようがかまわない。だが高梨の立場が警察内で悪くなるのだけは避けたい。その思いから田宮はできるかぎりひっそりと生活しようと考えていた。

タクシーをかなり手前で降りるのも、自分が警察の官舎に出入りしているところを運転手に見られたくないためだった。運転手が何かをすると考えているわけでは勿論なく、誰に対しても等しく悟られまいと気をつけているのである。

そういった理由で田宮はワンブロック以上を歩き、官舎へと到着した。さすがに九時過ぎでは空腹を覚えていたので、家に何かあったかなと考えを巡らせる。

高梨は捜査が佳境に入っているとのことで、このところ帰宅は深夜を回っていた。おそらくまだ戻ってないだろう、と思いつつドアを開いた途端、廊下に明かりがついていることに気づいた田宮は、慌てて靴を脱ぎ、リビング目指して駆け出した。

「ただいま！」

「ごろちゃん、おかえり」

風呂上がりらしく、Tシャツとボクサーパンツ、という姿をし、リビングのソファに座って濡《ぬ》れた髪をタオルで拭《ぬぐ》っていた高梨が、部屋に飛び込んできた田宮に笑顔で声をかけてきた。

「事件、解決したんだ？」

言いながら田宮が、立ち上がった高梨が広げた腕の中に飛び込んでいく。

「おかえり」

「ただいま」

まずは恒例の、とばかりに二人は顔を見合わせ、『おかえり』そして『ただいま』のキスを交わす。

挨拶のたびに——たとえば『おはよう』『おやすみ』『いってきます』『いってらっしゃい』『ただいま』『おかえり』『いただきます』『ごちそうさま』そして『おやすみ』という挨拶のタイミングで必ずキスを交わすのが、付き合って二年を経た今となっても、日常の決めごととなっていた。

「ん……」

ともすれば『挨拶のキス』ではすまなくなりがちなのだが、今夜もまた、熱烈なキスに発展しそうになっていたところ、田宮の腹がぐうと鳴り、その音が二人にキスを中断させた。

「なんやごろちゃん、晩ご飯、食べてへんの？」

唇を離した高梨が、田宮の顔を覗《のぞ》き込む。

「あー、うん。ちょっと残業で。良平は？」

食べたか、と問いかける田宮の前で、高梨が少し照れたように笑う。

「まだ」

「そしたらメシにしよう。なんか作るから」

慌ててキッチンへと向かおうとした田宮の腕を後ろから高梨が摑《つか》み、自分の胸に抱き寄せる。

「良平」

「ごろちゃん、帰ってきたばかりやろ？　無理せんでええて」

「無理なんてしてないよ」

田宮は大学入学時より一人暮らしをしていたため、家事全般、するのはそう苦ではない。なので少しも『無理』をしていなかったのだが、高梨は田宮が気を遣っていると判断したらしかった。

「ええて。せや、久々にピザでもとらへん？　三十分くらいでくるやろ」

「ピザでもいいけど……」

ここで田宮が同意しかねたのは、ピザがそう好きではないという理由ではなく、高梨の身体《からだ》を思いやったためだった。

久々に自宅で夕食をとることになる彼には、栄養のバランスを考えたメニューを用意したい。ピザが悪いというわけじゃないが、野菜が足りなくなるだろう。

だがそれを口にするのは押しつけがましいと感じた田宮は、高梨に気を遣わせぬようにという配慮のもと、こうしたい、という希望を口にした。

「冷蔵庫にあるもの使ってちゃちゃっと作ったら、二十分もかからないよ。ご飯も冷凍してあるし……俺、お腹《なか》空いてるんだよね」

自分が待ちきれないから、とそこに理由を持っていった田宮を、高梨は一瞬じっと見つめたが、やがて、ふっと笑うとその場で抱き締めてきた。

「良平？」

唐突な抱擁《ほうよう》に、戸惑《とまど》いの声を上げた田宮をますます強い力で抱き締めながら、高梨が感極まった声を上げる。

「ごろちゃん、ほんまに天使なんちゃう？」

「はあ？」

何を言っているんだ、と呆れて目を見開く田宮の顔に、高梨がキスの雨を降らし始める。

「よせって！　支度、できないだろ」

何が天使だよ、と田宮は強引に高梨の腕を逃れると、キッチンへと向かった。

「ほんま、愛してるよ」

心の底から愛《いと》しそうな声で、高梨が田宮の背に声をかける。

「馬鹿《ばか》じゃないか」

口を尖《とが》らせ、そう言い捨てた田宮の胸にも勿論、高梨を心の底から愛する気持ちが溢れていた。

2

とてもあり合わせのもので、しかもたったの二十分で作ったものとは思えないような凝った料理の並んだ食事の時間が終わると、後片付けは自分がするという高梨に促され、田宮は風呂に入ることとなった。

高梨は今日『佳境』と言っていた事件が解決したとのことで、先ほど帰宅しまず風呂に入った、そこに田宮が帰宅したということだった。

入浴をすませると田宮は、リビングで彼を待っていた高梨と共に寝室へと向かった。

田宮が以前住んでいたアパートは１ＤＫだったので『リビング』『寝室』とは独立しておらず、二人がくつろぐ場所も寝る場所も同じ室内にあった。

官舎は築年数こそ経《た》っているようではあったが、とても独身男性が一人で住むとは思えない、一部屋一部屋がかなり広い２ＬＤＫであり、リビングは十五畳以上あった。

寝室のベッドはセミダブルだったが、田宮がここで暮らすと決まった翌日に、高梨はインターネットの通信販売でダブルサイズのベッドを注文した。

今までシングルサイズに二人で寝ていたのだから、セミダブルでも充分田宮は広く感じた

のだが、高梨は、

「せっかくやから」

と、ベッドの買い換えを強行した。

それで田宮は今更ながら、自室のシングルベッドは高梨にとって、相当つらかったのだなと察したのだった。

同居を始めたことがきっかけとなり購入した家具は、ダイニングテーブルと椅子《いす》のみで、ベッドは部屋の広さの問題で買い換えがかなわなかった。

二年も我慢させてしまい申し訳なかった、と田宮は高梨に詫びたのだが、それを聞いた高梨は、

「ちゃうちゃう」

と明るく首を横に振り、田宮の謝罪を退けた。

「それこそスペースの問題や。ごろちゃんの部屋のベッドも、僕にとってはめちゃめちゃ快適やったよ」

「あんなに狭そうだったのに？」

ただでさえがたいのいい高梨は、いつも窮屈そうに寝ていた。それで安眠できているのかと田宮は常に案じていたのだが、高梨は、

「そやし、よう寝とったやろ？」

と答えたあとに、

「ごろちゃんは？　やっぱり狭かったか？　安眠しとったように見えたけど……」

と、逆に田宮を心配してきた。

「俺は安眠してたよ」

問われるまでもなく、狭くて眠れないということはなかった、と田宮も即答する。

確かに狭くはあったが、高梨の腕の中で聞く彼の鼓動は、田宮にとってこの上ない心の安息をもたらしてくれ、一人寝のときより余程安眠できていた。

「二人してよう眠れとったんならええやん」

高梨はそう笑ったあと、田宮の気遣いを吹き飛ばそうと、大きなベッドを買った理由をおどけた様子で説明した。

「今回ダブルサイズにしたんは、今までできへんかったいろんな体位を試したかったからや。四十八手、これからがんばろうな」

にたり、とそれはいやらしげに笑う高梨に田宮は恒例の「馬鹿じゃないか」と罵声《ばせい》を浴びせたものの、自分に気を遣わせまいとする高梨の優しさに感じ入った。

高梨のその言葉は、田宮に対する『気遣い』ゆえの発言というわけではなく、有言実行の彼らしく、新しいベッドが来たその日の夜から、二人の閨《ねや》での行為は、バリエーションの幅が随分と広がることになった。

今夜もそれぞれに身につけていた下着を脱ぎ去ったあと、高梨は田宮をベッドに横たえ、胸に顔を埋めていった。

「ん……」

全身性感帯といっていいほど敏感な体質の田宮だが、殊更《ことさら》胸は弱く、特に乳首を乱暴に扱われることに酷く感じてしまう。

高梨は勿論、それを知っているため、舌先で少し舐《ねぶ》り、勃《た》たせた乳首に軽く歯を立てた。

「ん……っ」

シーツの上で田宮が、小さく息を漏らし、微《かす》かに身体を捩《よじ》る。

風呂上がりの彼の肌は紅潮し、薄紅色に色づいていた。しっとりと手に吸いついてくるような肌質はとても三十代の、それも男性のものとは思えない、と毎度感動しつつ、高梨はその質感を確かめるように左の乳首に掌《てのひら》を這《は》わせゆっくりと撫《な》で回し始める。

あっという間に勃ち上がった乳首をきゅっと抓《つね》ると同時に、右をまた軽く噛《か》んでやる。

「や……っ」

田宮の身体がびくっと大きく震え、彼の口からは可愛らしい声が発せられた。

「……っ」

いけない、というように田宮が己の両手で口を塞ぐ。

未《いま》だに彼は、声を上げることを恥じているのだが、そうも声を抑えようとした理由は恥じらい以外にもあった。

官舎に越してくる前、田宮はアパートの隣室の学生から、閨での声が漏れていると指摘を受けたのだった。指摘されるどころか、それをネタに乱暴されそうにもなったのだが――勿論、無事にことなきを得たが――それで田宮は学習し、今まで以上に声を抑えるようになったのだった。

気づいた高梨が顔を上げ、田宮を見下ろす。

「……？」

なに、と田宮が己の口を手で塞いだまま高梨を見上げる。と、高梨はふっと笑い、田宮の手を握り口元から外させた。

「良平？」

「大丈夫やて。確かに古い建物やけど、その分、造りはしっかりしとるさかい。外に音が漏れる、いうことはないよ」

「…………」

だから声を我慢しなくてもいい、というのは高梨の気遣いから出た言葉だということは、勿論田宮にもわかっていた。が、自分が声を『我慢』していたことに気づかれていたと際し羞恥《しゅうち》から言葉を失った。

「な……っ」

みるみるうちに顔が真っ赤になっていく田宮の心中は、高梨にも勿論通じていた。付き合って二年近くなるのに、未だに恥じらいを忘れない彼に対する愛しさが高梨の胸に込み上げてくる。

「ほんまにもう、可愛いなあ」

感極まって告げた、その言葉は本心だったというのに、田宮にはそれが通じなかったようで、

「馬鹿じゃないか」

と赤い顔のまま言い捨てると、ふいと横を向いてしまった。

「馬鹿にもなるわ。こんなに可愛いんやもん」

高梨はそう笑ったかと思うと、やにわに田宮の胸に顔を埋《うず》め、再び乳首を舐り始めた。

「あ……っ……や……っ……」

強く噛みながら、もう片方もまた強く抓り上げる。唐突に再開した高梨の激しい愛撫《あいぶ》に、田宮の背は大きく仰《の》け反《ぞ》り、唇からは高い声が漏れていった。

「あっ……やっ……あっ……」

高梨が己の乳首を音を立ててしゃぶる、その音もまた田宮の欲情を煽《あお》り立てていた。音に誘われて視線を下ろした先では、高梨の黒髪が揺れており、彼が一心不乱といってもいいくらいに集中し、自分の胸を舐っているさまが見える。

聴覚ばかりか視覚でも昂《たか》まりを覚えていた田宮の雄は早くも勃ちあがり、熱をはらみつつあった。自然と捩れる腰の動きから、高梨はすぐにそれを察したらしく、一瞬だけ目を上げてニッと笑うと、すぐに身体をずり下げ、今度は田宮の下肢《かし》へと顔を埋めてきた。

「あぁ……っ」

両脚を開かされた状態でがっちり押さえ込まれ、雄を啣《くわ》えられた瞬間、田宮の背は更に大きく仰け反り、彼の華奢《きゃしゃ》な指がシーツをぎゅっと摑んだ。

熱い口内を感じた途端、田宮の昂まりは一気に増し、しつこく彼に宿っていた羞恥の念はあっという間にどこかへと飛んでいった。

高梨の舌が田宮の雄の先端に絡みつき、もっとも敏感なくびれた部分を執拗《しつよう》に舐り上げたかと思うと、今度は先走りの液がにじみ出ていた尿道へと向かい、硬くした舌先でぐりぐりとそこを割ってくる。

その間、高梨の指は竿《さお》を扱《しご》き上げ、続いて陰嚢《いんのう》をもみしだき、というようにせわしなく動き続け、田宮を快楽の頂点へと導いていった。

「あっ……もう……っ……あっ……」

達してしまう、と、田宮が激しく首を横に振る。わかった、とばかりに高梨は田宮を啣えたまま頷くと、口の動きはそのままに、根本をぎゅっと握りしめた。

「やぁ……っ」

射精を阻《はば》まれ、またも田宮の背が大きく仰け反る。シーツの上で身悶《みもだ》える彼の様子を高梨は一瞬見上げ、酷く満足そうに笑ったあと、もう片方の手を田宮の後ろへと滑らせた。

「あぁっ」

すでに濡らしておいた指を、ずぶ、と田宮の後ろに挿入し、乱暴に中をかき回しはじめる。前を舐りながら後ろを弄《いじ》られ、田宮はいよいよ我慢ができないとばかりに激しく身を捩り、いやいやをするように首を横に振った。

「あぁ……っ……もうっ……もうっ……あーっ」

おかしくなる、と叫び、田宮が高梨を見下ろす。

懇願するような目を向けられては、これ以上は無理だな、と高梨は密《ひそ》かに苦笑すると、身体を起こし、田宮の両脚を抱え上げた。

「やぁ……っ」

前後への刺激を一気に失うことになった田宮が、もどかしげに腰を捩り、おそらく無意識なのだろう、高梨をじっと見上げてくる。

あまりに無垢《むく》なその顔を見下ろした高梨の胸に、まるで子供にいけないことをしてでもいるかのような罪悪感が込み上げてきたが、そそり立つ雄に証明されている彼の欲望が意味のない罪悪感を吹き飛ばした。

高梨の指を失い、ひくひくといやらしく蠢《うごめ》いているそこに、ずぶり、と雄をねじ込んでいく。

「あーっ」

一気に奥まで貫くと、田宮は悲鳴のような声を上げ、大きく身体を震わせた。

そのまま激しく高梨が彼を突き上げ続けると、田宮の上げる声はますます高く、切羽詰まっていった。

「あぁっ……もうっ……もうっ……いく……っ……いくっ……あーっ」

田宮は普段、声を上げることは勿論、直接的な言葉を――いく、だの死ぬ、だの、もっとほしい、だのという、行為の最中、感じるままの言葉を口にするのを酷く恥じらう。

彼がそうした言葉を告げるときはすでに意識が半ばなく、朦朧《もうろう》とした状態である証だった。

同時にそれは、彼の限界が近いという証でもあり、それを把握していた高梨は心得たとばかりに頷くと、田宮の片足を離し、二人の腹の間で勃ちきり熱く震えていた雄を摑んで一気に扱き上げた。

「アーッ」

直接的な刺激は田宮をすぐに達させたらしく、高く声を上げた彼の雄から白濁した液が迸《ほとばし》る。ほぼ同時に高梨も達し、田宮の中に精液をこれでもかというほど注いでいた。

はあはあと息を乱す彼に、高梨がゆっくりと覆い被《かぶ》さり、呼吸を妨げぬようにと心がけながら、細かいキスを額《ひたい》に、頬《ほお》に、鼻に、唇に、ちゅ、ちゅ、と落としていく。

「……良平……」

ようやく呼吸も整ってきた田宮が、にこ、と笑い、高梨を抱き寄せようとする。高梨も微笑み返し、本格的に唇を重ねようとしたそのとき、枕元に置いてあった高梨の携帯電話の着信音が響き渡った。

まず高梨が、すぐに田宮がはっとして、電話を見る。

「かんにん」

高梨は田宮に詫びると、よっと勢いをつけて身体を起こし、携帯電話に手を伸ばした。弾みでまだ田宮の中に収まったままだった高梨の雄がずるりと抜ける。

快楽の名残を宿していた田宮の身体は、びくん、と震えたが、そんな自分を恥じつつ彼は起き上がりベッドから降りると、自身の脱いだ下着を身につけ始めた。

「はい、高梨」

背中で聞く、電話に出る高梨の声にも緊迫感が漂っている。高梨は、捜査一課からの電話のみ着信音を変えていた。今鳴ったのはその音で、こうも遅い時間に電話が鳴ったということは、事件が起こったと考えてほぼ間違いなかった。

すぐ出かけることになるであろう高梨のために下着やシャツ、それにネクタイを用意し、続いて靴を磨きに玄関へと向かう。高梨はそんな田宮に、かんにん、と、おおきに、のどっちともつかない様子で右手で拝む真似《まね》をすると、携帯を握り直して立ち上がり、メモを求めてリビングへと向かっていった。

現場の住所などを復唱する高梨の声が響く中、田宮は手早く靴を磨き終えると、高梨の様子を見にリビングへと戻った。

「それじゃごろちゃん、いってくるわ」

すでに支度を終えていた高梨が、田宮を抱き寄せ唇に軽くキスを落とす。

「気をつけて」

いつものように、『気をつけて』しか言うべき言葉を持たないことに軽い自己嫌悪に陥りつつ、田宮は高梨を見送るべく玄関へと向かった。

挨拶のキスはリビングで交わしていたが、ドアを開く前に高梨はまた田宮に唇をぶつけるような軽いキスをしたあと、

「そしたらな」

と笑って手を上げ家を出ていった。

「…………」

今回はどんな事件なのか。身の危険が伴うようなものではないといいのだが、と高梨の出ていったドアを見つめる田宮の唇から溜め息が漏れる。

刑事という仕事柄、命の危険とは常に隣り合わせにある。それだけに田宮はいつも高梨を送り出す際には、身の安全を祈らずにはいられない。こうして夜中に呼び出されたときには殊更である。

田宮は暫くドアの前で佇《たたず》んでいたのだが、肌寒さからぶるっと身体を震わせたことで、自分が下着姿のままであることに気づいた。

風邪を引いてしまう、と慌てて浴室へと向かい、シャワーで行為のあとの汗を流しつつ身体を温める。

そうして一人ベッドに戻った田宮は、休息の間もなく再び事件に向かうことになった高梨の身の安全と、事件の早期解決を祈る、眠れぬ夜を過ごしたのだった。


その頃高梨は、事件現場へと到着していた。

「高梨、こっちだ!」

現場は新宿御苑近くの古びた一軒家だった。『売家』の看板が出ているが、即入居はしづらい、古びた家である。

敷地面積は非常に狭く、しかも建坪率を無視して建てられているため、今の家を取り壊し建てかえることも難しくなりそうで、雨ざらしになっていた『売家』の看板の様子からここが随分長いこと空き家状態であることが推察できた。

「ガイシャは?」

白手袋を着用しながら立ち入り禁止の黄色いテープを潜り、高梨が先に立つ納《おさめ》の背に問いかける。

「まあ、見てもらえばわかるがプロの犯行かもしれん」

「プロ？」

殺人《ころし》のプロということか、と問おうとした高梨の目に、床に横たわる遺体が飛び込んできた。

「なるほど」

ここで高梨が唸《うな》ったのは、確かに『プロ』による殺人という状況が目の前に広がっていたからだった。

「検死がこれからなもんでな」

納が高梨の横に立ち、共に遺体を見下ろす。

「顔、よう見えへんな」

「アキ先生に早くテープを剝《は》がしてもらいてえな」

高梨の言葉に納が頷く。二人の足下にある遺体は目隠しをされた上で口をガムテープで塞がれていたのだった。

服装が少し派手目のスーツであることから若い男と推察できるものの、おそらく高級なものに違いないそのスーツは床の埃《ほこり》にまみれていた。

両手を背中で、両足を足首と膝《ひざ》で厳重にガムテープで縛られている。死因は絞殺で、凶器は首に巻き付いていた本人のものと思われるネクタイのようだ、と高梨はつぶさに遺体を観察した。

目と口を塞ぎ、手足の自由を奪った状態で首を絞める。ガムテープは汎用品《はんよう》のようであるので入手経路を特定するのは困難だろう。凶器もまた、被害者本人のものとなれば証拠品からの捜査は行き詰まること必至である。

確かにこれは、殺人を専門に請け負う組織的な犯行かもしれない、と、高梨は被害者の顔を覆うガムテープを見やり、押し殺した溜め息を漏らした。

最初から殺すつもりであったためだろう、無造作に幾重にも貼られたテープが、殺人者の残忍さを物語っている。

見るからに裕福そうなこの遺体はどこの誰なのか。命を狙われるどのような理由があったのか、と高梨が尚《なお》も遺体を観察していたそのとき、

「ごめんごめん、遅くなって」

という爽《さわ》やかな声と共に、白衣の裾《すそ》を颯爽《さっそう》とはためかせながら監察医の栖原《すはら》が登場した。

「おせえぞ」

高梨の横で納が悪態をつく。

「悪い悪い。僕はサメちゃんと違ってプライベートが充実してるもんだから。これでもデートを抜けてきたんだよ」

ぱち、と片目を優雅に瞑《つぶ》り、にっこりと笑いかけてくる栖原は、警察内でも『名物』と名高い監察医だった。

吉祥寺に医院を構える彼の検死の正確さ、観点の鋭さには定評がある。だがそれだけで彼が『名物』といわれているわけではなかった。

まずは類稀《たぐいまれ》なる整った容姿に加え、腰の長さまである綺麗な黒髪を背中で一つに括《くく》っているという特徴的な姿と、もう一つは、公然とバイセクシャルであることを明かしている上での奔放《ほんぽう》な性生活にあった。

腕が確かであるから、表立っては皆何も言わないが、同じ相手と一緒にいるところを二度と見ない、というほどの手の早さを見せる栖原の私生活の評判は決していいとはいえず、親しく付き合う相手はそうそういなかった。

「俺の私生活なんてどうでもいいんだよ。とっととはじめてくれよな」

あまり人に対し、マイナス感情を抱《いだ》くことのない納は、栖原と比較的親しくしている珍しい人間だった。その彼にまた悪態をつかれ、栖原は、やれやれ、というように肩を竦めると、同行させてきた若い男の助手を振り返った。

「それじゃ、はじめるよ」

「はいっ」

まだ高校生くらいに見える——そんなことはないだろうが——美少年助手は、頬を真っ赤に染めながら栖原に向かって頷き、彼と共に遺体の傍《そば》に座り込んだ。

「酷いことするねえ」

栖原が溜め息混じりにそう言いながら丁寧に遺体の顔からガムテープを剝いでいく。

ようやく顔がすべて見えるようになった遺体を高梨はまじまじと見やった。

年齢は二十代後半から三十代前半、顔立ちはなかなか整っている。サラリーマンではあろうが、企業勤務というよりは自分で会社を経営している、いわば『青年実業家』ではないかという印象を受けた。

髪型やスーツ、それに、ガムテープを剝がれた下から現れた、いかにも高級そうな腕時計が、この年齢のサラリーマンとは一線を画しているように見えたためだったのだが、納もまた同じ印象を持ったようだった。

「金持ちっぽく見えるよな。会社の一つも経営してんじゃねえの」

「ああ、そないな感じやな」

高梨が頷いたそのとき、検死をしていた栖原が二人を振り返り、肩を竦めてみせた。

「うーん、どうだろう？」

「なんだよ？　何が『どう』なんだ？」

不意に話しかけてきた栖原に、納が問い返す。と、栖原は遺体の手を取り二人に示してみせた。

「確かにこの遺体、身につけているものは高級品ばかりだけど、この手の荒れようはあまり『セレブ』って感じがしないんだよね」

「なるほど、そない言われたらそうですな」

高梨が身を屈《かが》め、遺体の手を見やる。栖原の言うとおりその手はがさついており、指先や爪《つめ》の手入れなどしている様子はなかった。

「服もぶかぶかってほどじゃないけど、ジャストフィットには見えないし、内ポケットから覗いている財布は服とはちょっと合わない感じかなあ」

「財布？　あるのか？」

納が勢いづいて問いかけたのは、身元を証明できるものが中に入っているのではと思ったためだった。

「あるよ。はい」

そろそろ検死も終わるようで、栖原が遺体の内ポケットから財布を取り出し納に手渡す。慌てた様子でそれを開いた納は、財布の中から取り出した免許証を高梨に示してみせた。

「身元を隠す気、ゼロだな。金も手つかずのようだ」

「佐野敬《さのたかし》、ええと、三十二歳、やな。現住所は横浜か」

免許証の写真と遺体を見比べ、同一人物であると察した高梨がそう声を漏らしたとき、

「携帯も、ああ、手帳もあるよ。それから、はい、名刺入れ」

と栖原が遺体のポケットから取り出したそれらのものを次々納に渡した。

「それじゃ、そろそろ遺体、運び出すから」

「その前に、ちょっと見せてもろてもええですか？」

「勿論」

栖原が笑顔で頷き、遺体の傍を離れる。

「やっぱり『プロ』かね」

床の埃で汚れていたが、遺体の服装には乱れはなく、顔などを殴られた様子もなかった。身長百八十センチ近くある男を、実に手際よく捕らえて手足の自由を奪い首を絞める——ヤクザなどの犯行の可能性が大きい、と、高梨もまた判断し、納に頷いてみせる。

「せやね」

「被害者はカタギぽいが」

と、続いて納が高梨に名刺入れから一枚抜いた被害者本人のものと思われる名刺を差し出してきた。

「大手製薬メーカーの研究者……か。手の荒れは実験のためかもしれんね」

名刺には誰でも知る製薬会社が記載されており、顔写真入りであることから本人のものと特定できた。

「しかしいくら大手、いうても三十二歳でこんだけのモン、身につけられるほど給料をもらえるとは思えんな」

高梨がそう告げる中、遺体は栖原たちにより運び出されていった。

「とりあえず身元はわかった。五里霧中ん中、捜査にかからずにすんだのはありがたいや」

納が高梨に笑いかけ、被害者の名前などを署に連絡しにいった。

その間に高梨は現場内を見て回ったのだが、これといった収穫は得られなかった。

玄関の鍵《かぎ》は壊されていたが、その手口も酷く手慣れたもので、やはり犯行は『プロ』によるものかと思われたものの、なぜか高梨は一抹《いちまつ》の違和感を覚えていた。

違和感の原因は高梨自身にもわかっていなかった。が、明晰《めいせき》な頭脳と共に、抜群の勘のよさをみせる高梨は、こうした説明しがたい思いを抱くことも多かった。

身元があっという間に割れたことで、殺害の動機や、それこそ犯行に及んだ人物についても、すぐに特定できるのでは、と納は思っているようだが、もしかしたらこの事件、長引くかもしれないな、と高梨は密かに溜め息を漏らし、再びぐるりと現場を見渡したのだった。


捜査本部は新宿署にたてられ、陣頭指揮は新宿署の刑事部長が執《と》ることになった。

高梨や彼の部下である竹中《たけなか》、山田《やまだ》も捜査会議に出席すべく新宿署に向かったのだが、そこには思いもかけない状況が待ち受けていた。

「おい、高梨」

高梨らが覆面パトカーを乗り付けた署の入り口で、所在なさげに立っていた納が慌てた様子で駆け寄ってくる。

「サメちゃん、お出迎えかいな」

どないしたん、と笑う高梨に納は、

「笑い事じゃねえんだよ」

と顔を顰《しか》めた。

「なに？」

いつにない納の、困り切った顔を前に高梨は、いったい何事が起こったのかと瞬時にして頭を巡らせた。

捜査に対し、上からの圧力でもかかったのか、それとも犯人がマスコミ宛に犯行声明でも送ってきたか。

状況はわからないが、納の表情を見るに相当面倒なことになっているなと覚悟を決めた高梨だが、続く納の言葉は彼の予想を超えたものだった。

「神奈川県警がきている。あの事件は県警のヤマなんだと」

「なんやて？」

その発想はなかった、と高梨が思わず大きな声を上げたそのとき、納の背後、署のエントランスから一人の長身の男が姿を現した。

振り返り、その男の姿に気づいた納が、あ、と少し気まずそうな顔になる。

「…………」

男はそんな納を一瞥《いちべつ》したあと、視線を高梨に向けた。高梨も男を見る。

二人の視線は一瞬合ったが、すぐに男は目を逸《そ》らし、カツカツと靴音を響かせる勢いで駐車場へと向かっていった。

「……あれが？」

もしかして県警の刑事か、と高梨が納に問う。

「そうだ。神奈川県警の刑事課長、海堂《かいどう》警部だ」

後ろ姿を目で追いながら納が頷いてみせたが、彼の口調は酷く苦々しかった。

「どないしたん？」

普段温厚な納が珍しいな、と高梨が彼の顔を覗き込む。

「もう帰ったからいいか。話は中でするよ」

納が不機嫌そうな顔のまま、高梨らを署の中へと誘《いざな》う。

彼をそうも不機嫌にさせたのはあの県警の刑事か、と高梨は今見たばかりの男の姿を頭に思い浮かべた。

年齢はおそらく、四十代前半かと思われる。非常に容姿の整ったスマートな印象を与える男だった。

身長は百八十五センチ以上あり、がたいもなかなかいいが、手足が長いことからすらりとして見えた。

縁なし眼鏡《めがね》をかけたその顔は俳優かモデルのように整っており、しかも知性と理性がこれでもかというほど溢れている。

少し冷たい印象があるのは、ちらと自分を見たときの目が酷く厳しく感じられたせいだろうが、あれはこちらを警視庁の人間と見抜いてのことだったのか、などと考えながら高梨は納のあとに続き、どうやらそれまで捜査会議が開かれていたと思われる会議室へと到着した。

「あ、警視！」

高梨が室内に入っていくと、納とペアを組むことが多い橋本《はしもと》が、やはり少し困った顔になりつつ声をかけてきた。

「どうも。またよろしく頼むわ」

高梨が笑顔を向けても橋本は、

「はあ……」

と困った顔で頭をかいている。と、横から難しい表情をした納が声をかけてきた。

「それが、『よろしく』はできなくなりそうでよ」

「『県警のヤマ』やからか？」

笑顔のまま問いかけた高梨に対し、納が納得いかない、というように憤ってみせる。

「捜査の主導権も県警が持つと言いやがった。新宿署にはサポートを頼む、だってよ」

「確かに被害者は横浜の人間やったけど、まさかそれだけで『県警のヤマ』言うとるわけやないよな？」

何か進行中の事件だったのか、と問うた高梨に納は、

「それがよ」

と、『県警のヤマ』たる理由を説明し始めた。

「県警で追っていたのは誘拐事件だそうだ。お前、速水京介《はやみきょうすけ》、知ってるだろう？」

「ちょっと前までようテレビに出とった、IT企業の社長やろ？」

IT企業が台頭してきた頃、その先駆けとしてメディアをにぎわせていた男の顔を思い浮かべつつ、高梨が頷く。

「ああ、IT長者の走りと言われている男だ」

「その速水が誘拐されたんか？」

問いかけた高梨は同時に、速水が六本木の『ヒルズ族』だということも思い出していた。

自宅もオフィスも都内ではなかったのか、とそれも問おうとした高梨の心情を読んだかのように納が説明を続ける。

「今、速水は妻の実家近くにある、横浜は青葉区の戸建てに住んでいる。それで神奈川県警の管轄となるんだが、誘拐されたのは速水じゃない」

「ほな、奥さんか？」

もしくは子供か――いるかどうかは知らないが――と高梨が尋ねる。

「いや、社長の――速水京介のはずだったんだ」

「『はず』？」

ということは、と高梨は問い返し、次の瞬間正解に思い当たった。

「間違えられたんか！」

「ああ、そうだ。速水と間違えられて誘拐されたのが、被害者の佐野だった」

ご明察、と納が頷き、詳しい状況を説明し始めた。

速水京介宅に誘拐犯から、社長を誘拐したという電話が入ったのは、一昨日の夜のことだった。

京介社長は不在にしており、電話を受けた妻は半狂乱となったが、ほどなく京介が帰宅し、なんだ、悪戯《いたずら》だったのかと二人して胸を撫《な》でおろした。

「だが、その後犯人から、身代金要求の連絡が入ったんだ」

納がここで顔を顰める。

ちょうど京介がはずしていたので妻が電話をとった。妻は電話の相手に、夫はもう帰宅していると告げようとしたが、電話は一方的に、社長の写真と身代金受け渡しの方法をポストに投函《とうかん》したと告げ、そのまま相手は電話を切ってしまった。

悪戯に付き合うのもばかばかしいと思いつつも、一応ポストを覗いたところ――。

「縛られた佐野の写真が入っていた、というわけだ」

「なんで間違えられたんやろ？」

速水の顔は高梨も覚えていた。被害者とは雰囲気に似たところはあるものの、そっくりというほどでもない。

最近でこそメディアから遠ざかってはいるが、いっときは『時代の寵児《ちょうじ》』とまで持ち上げられた男の顔を、誘拐犯が知らなかったとは考えがたい。

「悪ふざけのとばっちり――とでもいうか、この夜、速水と佐野、二人は衣装を取り替えてたっていうんだ」

「はあ？」

高梨が珍しく素《す》っ頓狂《とんきょう》な声を上げ、納を見る。

「意味がわからん。衣装を取り替えたってなんで？」

「速水も恥ずかしがってなかなか言い出さなかったらしいんだが、その日は速水と佐野、共通の友人主催の合コンがあったんだと。で、その合コンに出席する女性たちを互いが互いのふりをして騙《だま》そうと速水が佐野にもちかけ、佐野が面白がってそれに乗ったんだそうだ」

「なんつうアホなことを……」

呆れてみせた高梨に「本当だよ」と納も肩を竦める。

「そもそも、速水と佐野はどういう知り合いなん？」

そんな悪ふざけをするということはもともとかなり仲がよかったのだろうと推察しつつ高梨が尋ねる。

「高校からの同級生だ。ちなみに合コンのセッティングをした三田村《みたむら》も同じ同級生で大学も一緒だった。三田村は広告代理店勤務で合コンの相手はモデルの卵だ」

「で、モデルの卵たちは騙されたん？」

「ころっとな。速水も前はよくメディアに登場してたが、最近は出ていない上に、参加したモデルたちはＩＴ業界にあまり興味がなかったらしい」

「で、その合コンの帰りに、佐野が速水と間違えられて誘拐された、と」

「ああ、速水は衣装もだが、車も佐野に貸していたそうだ」

頷いた納に高梨が、

「飲んでたんちゃうの」

と当然の疑問を口にする。

「自分で運転する車じゃない。運転手付きの車だ」

何せ社長だからな、と納は即座に答えたあと、

「その車を降りたあと、誘拐されたようだ」

と、話題を誘拐へと戻した。

「運転手は佐野を自宅近くまで運んだと証言している。佐野は近所のコンビニで買い物をすると言い、そこで車を降りたそうだ。佐野のマンションも警備カメラ付きのオートロックだが、佐野がその夜帰宅した痕跡《こんせき》は残っていない。となるとおそらく、コンビニから自宅までの間に誘拐されたことになる――神奈川県警ではそう見ているようだ」

「そのコンビニは、速水の自宅の近くなんか？」

まるで離れた場所であれば、誘拐犯も疑問に思うだろうと尋ねた高梨に、

「比較的近所だな」

と納が頷く。

「合コンのあと、速水本人は三田村と二人で銀座のクラブに飲みに行ったそうだ。で、帰宅が遅くなった。二人が飲みに行った理由は、運転手付きの車が戻るまでの時間もたせだった。結局0時前まで店にいて、それぞれに帰宅したんだが――」

「家では奥さんが、誘拐犯からの連絡を受けて真っ青になっとった、と」

なるほどな、と高梨は頷くと、

「で、県警はどないな手配を？」

と、納に話の続きを促した。

「速水からはすぐに警察に通報があった。警察側の判断として、身代金を用意しつつも、誘拐犯に人違いであることを伝える方向で捜査が進んでいたそうだ。で、犯人からコンタクトがあった際に、お前たちが捕らえた男は速水ではなく友人の佐野だと伝えたところ、犯人からの連絡は途絶え、そして佐野の遺体が発見された」

「……それは……」

ここで高梨が絶句したのは、もし警視庁の管轄内で同じような誘拐事件が起こった場合、同じ捜査方針となるだろうと思ったためだった。

人間違いであっても身代金を払うという交渉を犯人とすれば、人質の身の安全はとりあえず確保できるという判断となる。

今回、佐野が殺されたのは県警にとっても不運としかいいようがない。それだけに県警もピリピリしているのかもしれない。

高梨のその推察がそうはずれてはいないことは、続く納の言葉から裏付けできた。

「警察が介入し、すぐに佐野が殺されているからだろう。即座に殺人犯を逮捕せねば、と県警は随分焦っているようだ。マスコミにでも嗅《か》ぎつけられたらことだからな。しかも誘拐されかけたのが速水社長とわかればなおさらだ。で、ウチに余計な口を出すな、手足になって働くだけでいい、と言いにきたってわけだ」

「警視庁にも口出しするな、いうことやね」

高梨は肩を竦め、苦笑してみせたあとに、

「で？　県警の犯人についての見解は？」

と捜査方針を尋ねる。

「中国だか韓国だかのヤクザ――かマフィアだという認識らしい」

「根拠は？」

手口としては可能性はあるだろうが、それと絞るには手口だけでは危険である。そう思い尋ねた高梨に納は、

「速水社長宛の脅迫電話が、片言の日本語だったそうだ」

と、県警の捜査の根拠を説明した。

「社長個人には、恨みを買うような覚えはないんかな。ああ、それから、身代金はいくら、いう要求やった」

立て続けに問いかけたあと、高梨ははっとし、苦笑しながら頭をかいた。

「ああ、かんにん。これは県警のヤマやったね」

「……まあ、そう断定するのもどうかとは思うがよ」

納が苦々しげにそう言い、肩を竦める。

「仕方ないわ。サメちゃん、いろいろありがとな」

神奈川県警に限らず、警視庁と県警の間には長年に亘《わた》り培われてきた『壁』があった。

立場的には『県警』と同じはずの警視庁にある数々の特権が、県警の神経を逆撫でするために何かというと対立が起こる。

今回もまた神奈川県警が警視庁に対し、先に牽制をしかけてきたと推察できるが、そういった場合、間に挟まれて難儀するのは所轄と相場が決まっていた。

そんな馬鹿げた争いに、納ら新宿署の刑事たちを巻き込みたくはない。それで高梨は早々に退散を決めたのだった。

「なんや、捜査に進捗《しんちょく》があったら為念《ためねん》、教えてくれるとありがたいわ」

そしたらな、と高梨が席を立ち、会議室を出ようとする。

「勿論、教えるさ」

納は胸を張ったが、よほど高梨に対し申し訳なく思ったのかエントランスまで彼らを見送ってくれた。

「一日も早い解決を祈っとるわ」

「おおきに」

嘘くさい関西弁で答えた納に笑顔を向けると、高梨は未だ釈然としない顔をしていた部下たちに「戻るで」と声をかけ覆面パトカーへと向かおうとしたのだが、パトカー前には一人の長身の男が立っていた。

「あ、警視」

先に気づいた竹中が、高梨に声をかける。

「………」

ほぼ同時に高梨も男に気づき、なんだ、と眉《まゆ》を顰《ひそ》めた。

高梨が自分を見たことを察したらしく、男がつかつかと高梨ら三人に歩み寄る。靴音を周囲に響かせる勢いで歩いてきたのは、新宿署に入る前にエントランスですれ違った、県警の刑事課長だった。

確か名前は海堂といったか、と高梨がそれを思い出している間に男は——海堂は高梨のすぐ前まで到達していた。

「神奈川県警の海堂だ」

「警視庁捜査一課の高梨です。こちらは同じく竹中と山田……」

名乗られたので高梨も名乗り、部下を紹介しようとしたが、高梨が喋《しゃべ》っている途中にもかかわらず海堂が口を開いた。

「本件、神奈川県警のヤマだ。余計な口出しは無用に頼む」

「な……っ」

ここで憤った声を上げたのは高梨ではなく、彼の横にいた——そして海堂から一瞬の間も視線を向けられていない竹中だった。

「なんですか、いきなり」

竹中の横から、山田もまた憤慨した声を上げる。が、海堂は相変わらず彼らを一瞥もせず、じっと高梨を、それこそ睨みつけるような勢いで見つめていた。

「まあまあ」

無視されたことでさらに憤りが増した部下たちをフォローしつつ、高梨が海堂に笑顔を向ける。

「それに関しては今、新宿署で聞いてきました」

高梨はすでに海堂の役職を納より聞いていた。年齢は上だが階級は高梨が上である。それでも高梨は海堂に対し、実にへりくだった態度で接していた。

「一日も早い事件の解決を祈っています」

笑顔のままそう言い、軽く会釈をした高梨に対する海堂の態度は、まさに高梨の『真逆』といってもいい、居丈高なものだった。

「言われるまでもない」

馬鹿にするなとばかりに言い捨て、踵《きびす》を返した彼を前に、高梨は呆然《ぼうぜん》としていた。

「なんなんです、あれ」

「失礼じゃないですか？」

またも高梨の代わりに、竹中と山田が憤った声を上げる。

「……まさか、アレだけを言うために僕らを待ってたんやろか」

高梨の口からぼそりとその言葉が漏れた。

「我々への牽制でしょうかね」

「感じ悪いなあ」

ますます憤ってみせる竹中と山田を、

「まあええやないか」

と高梨がいなしたそのとき、車のエンジン音が背後で響いた。

「あ、県警ですよ、あれ」

覆面パトカーの運転席に座っていたのは、山田が指摘したとおり海堂のようだった。人影は一人で、同乗者はいないようである。

刑事課長が単独行動とは珍しいな、と、高梨は追うとはなしに車を目で追っていたのだが、それを察したのか、車は通りに出る前に軽くクラクションを鳴らしていった。

「…………」

その音がやたらと挑戦的に響くように感じるのは気のせいか、はたまた鳴らした当人の――海堂の心情を正しく読んだものか。

まあ、どちらにしろ確かめる術《すべ》はないが、と苦笑する高梨の脳裏にはそのとき、やたらと整っていた海堂の容貌《ようぼう》が浮かんでいた。

「おや、今日、トミーはいなのか」

間もなく正午を迎える時間となった頃、田宮から引き継ぎを受けていたアランが、ふと思い出したようにそんなことを言いだした。

「……ああ、そういえば……」

現場でトラブルがあったと、朝、富岡のアシスタントが電話を受けていたなと田宮は思い出し、それをアランに伝える。

「トラブル……」

途端にアランの表情が曇《くも》ったのに、田宮は違和感を覚え、思わずまじまじと欧州の王子様のごときその顔を見つめてしまった。

「……ん？」

視線に気づいたらしく、アランがはっとした様子になったあとに、にっこりと微笑みながら田宮を見返す。

「ああ、なんでもない。昼、行こうか」

富岡と顔を合わせているときにはアランは彼を無視し、話しかけてもかけられても悪態しかつかない。

だが、本人不在のときには心配してみせるところを見ると、もしかしたらアランは富岡に対し親しみを感じているのかな、と田宮は思ったものの、それを敢えて指摘するのも性格が悪いか、と考え直し、アランをランチに誘った。

「何か食べたいもの、ある？」

「いや、別に……」

富岡がいるときには、何が食べたい、どこへ行こう、と執拗に誘ってくるくせに、いないとなると『別に』か、と田宮はまたもそれを指摘しそうになり、いけないいけない、と首を竦めた。

「社食でいいか？」

「ああ」

アランがやる気なさそうに頷き、田宮のあとに続く。二人して社食に行き、田宮はラーメンを、アランは蕎麦をそれぞれに選んでテーブルで向かい合ったのだが、そこでの会話は主に富岡のこととなった。

「トミーは随分語学が堪能だけど、どこかに留学をしていたのかな」

「彼は大学時代、テニス部だったそうだね。どのくらいの腕前なんだろう」

「トミーの家族構成は？　兄弟はいるんだろうか。性格的に一人っ子かな？」

矢継ぎ早に問いかけられる内容は、富岡のプライベートにかかわるものばかりで、田宮にとっては答えられる問い、答えられない問いが半々だった。

それにしても、と田宮はアランに対し、驚きを新たにしていた。彼がそうも富岡に興味を抱いているとは考えたこともなかった、と、富岡の家族構成を聞かれ、改めてその感想を抱く。

「個人情報については、本人に聞くのが早いと思うよ」

実際、半分以上わからなかったこともあるが、アランが富岡と打ち解けるためにも当人同士のコミュニケーションを図ったほうがいいという意図のもと、アドバイスをした田宮に対しアランは、

「まあ、そうだね」

と苦笑し、話をそこで打ち切った。

その後、話題は引き継ぎ中の仕事のことになったが、アランはどこか気もそぞろといった感じで、会話はそう弾まなかった。

二人が席に戻ると、昼休みの間に帰社したらしい富岡が難しい顔をしパソコンに向かっていた。

「やあ、トミー。ランチはもうすんだのかい？」

富岡の姿を認めた途端、今まで沈みがちだったアランのテンションが一気に上がったのを、田宮は見逃さなかった。

「…………」

富岡は余裕がないのか、ちらとアランを見たきり「ああ」と頷くとまた、パソコンの画面に集中する。

「僕は吾郎と楽しいランチタイムを過ごしたよ」

「そりゃよかったな」

富岡がじろりとアランを睨むが、相当テンパっているのか一言ですませ、またパソコン画面を見た。

「ああ、とても楽しかった」

アランは挑発的に笑ってみせたが、富岡が相手にしないのを見てつまらなそうな顔になり、彼へと近づいていった。

「何か問題でも？」

「問題だらけだよ」

富岡が厳しい表情のまま答え、画面を見続けている。現場からクレームがあったんだったな、と田宮もまた富岡の背後に立ち、

「どうした？」

と顔を覗き込んだ。

「いやね、メーカーから納期が間に合わないって連絡があったんですが、それをサブコンの現場所長が今になって『聞いてない』って言いだしたんです。メーカーからも、それに僕からも連絡してあったんですけどね」

参りましたよ、と富岡が溜め息をつく。

「価格でゴネるつもりかな。それとも単なる気分の問題か……」

「価格を下げろという要求は今のところないですね。今日はたまたま虫の居所が悪かった……というのならいいんですが」

富岡は田宮を振り返り、また溜め息をつくと、

「まあ、明日また、行ってみます。こうなりゃ土下座でもなんでもしますよ」

と笑って肩を竦めてみせた。

「なんか前もあったな。佐藤《さとう》所長だっけ？」

「ええ。あのときもことなきを得ましたから、多分今回も大丈夫でしょう。しかし、実にわかりやすいというかなんというか、権威を笠に着てやりたい放題なんですよねえ」

田宮が思い出したとおり、佐藤という名の現場所長は前の現場でも、似たようなクレームをつけてきたのだが、それは暗にキャバクラでの接待を求めてのものだったということがあとからわかった。

「本当にもう、時間がバブル期で止まってるんじゃないかと。今時、接待で豪遊なんて、させられるわけないじゃないですかねえ」

富岡はそう口を尖らせてみせたが、すぐにまた笑顔になると、

「ああ、でも、話、聞いてもらえてすっきりしました。ありがとうございます」

と田宮に礼を言った。

「いや、俺は別に……」

ただ愚痴に付き合っただけだ、と田宮が慌てて首を横に振る。と、横からアランが田宮の肩を抱き、顔を覗き込んできた。

「吾郎はその場にいてくれるだけで『癒《いや》し』になるからね」

「おい、気易く田宮さんに触るなよな」

富岡が席を立ち、田宮の肩にあったアランの手を乱暴にはねのける。

「失敬。僕と吾郎はすでに『気易い』仲なので」

「着任たった一週間で、何を言ってるんだか」

いつものように、くだらない――としかいいようのない言い争いを始めた二人を前に、田宮は、やれやれ、と溜め息をついたものの、やはりアランは今までとは打って変わり、実に生き生きとした表情をしているな、という感想を抱いた。

こうして富岡とわいわい騒ぐのが楽しいから、彼の前で自分にしつこくアプローチをしか

けてくるのではと思えなくもない、と、田宮は心の中で一人密かに頷いたものの、周囲の人間が『また始まった』とばかりに二人に注目していることに気づき、

「もう、いい加減にしなさい」

と、富岡とアランの仲裁に入ったのだった。

午後、田宮は客先訪問の予定があり、一時過ぎに社を出て夕方戻ったのだが、帰社した途端、目に飛び込んできた富岡の困惑顔が気になり、

「どうした？」

と問いかけた。

「いや、今、N社から連絡があったんですけど……」

N社というのは、富岡が今日の午前中呼びつけられた、あの『バブル期で時間が止まっている』現場所長の会社だった。

「またクレームか？」

現場に呼びつけるだけでは飽きたらず、電話でもクレームを言ってきたのか、と眉を顰めた田宮に対し、富岡は、

「それが……」

と困惑した顔のまま、言葉を続けた。

「佐藤所長、異動になったそうです」

「ええ？」

思いもかけない展開に、田宮の口から驚きの声が漏れる。富岡もまったく想像していなかったようで、

「本当になんの予兆もなかったんですよ。本人も驚いてるんじゃないかな」

と首を傾《かし》げてみせた。

「最後だから自棄《やけ》になって、いやがらせをしたとかじゃないのか？」

本人も知らないなど、あり得ないだろう、と田宮もまた首を傾げる。

「笑っちゃうくらいわかりやすい人ですから。異動が決まっていたとしたらコッチにも伝わってきたと思いますよ」

富岡は尚も首を傾げていたが、

「まあ、僕としては助かりましたけど」

と、ほっとしたように笑ってみせた。

「新しい所長には明日、挨拶に行くことになりました。電話で話した感じ、あまりクセもなく、ごくごく当たり前の人っぽかったです」

「それはよかったな」

現場所長は、佐藤所長のような『難しいタイプ』がそう珍しくない。後任がそうではなくて助かった、という気持ちはとてもよくわかる、と田宮も富岡に笑顔を向け、自席へと戻っ

た。

「あれ、アランは？」

夕方から引継業務をする予定だったアランが席にいなかったため、田宮がアシスタントの事務職に彼の所在を尋ねる。

「外出先からさっき連絡があって、田宮さんに帰社時間が遅れると伝えてほしいそうです」

去年入社の新人事務職が、慌てた様子で手元のメモを読み上げた。田宮の机の上に置くのを忘れていたらしい。

「外出？　どこ？」

「……すみません聞いてません」

特に外出の予定はなかったはずだが、と疑問に思い問いかけたが、宮部《みやべ》という名の事務職は行き先を知らず、申し訳なさそうに詫びてきた。

「いいよ。帰社、何時になりそうって？」

「五時半には戻ると言ってました……が……」

答えながら彼女の語尾が消えていったのは、既《すで》に時計の針が五時三十五分を指していたためだった。

「そのうち帰ってくるだろう」

ありがとね、と田宮はますます申し訳なさそうな顔になった彼女に笑顔を向け、パソコンでメールチェックをし始めた。

と、ちょうどアランからメールが入り、あと五分ほどで戻るという。

どこにいったのか、と、ｗｅｂで彼の予定をチェックしたが、そこに書かれていたのは『私用』の文字だった。

「………」

私用の外出をするのなら、事前に知らせておくように——その手の、社会人としてごくごく『当たり前』の注意を促す必要は、今までアランにはなかったというのに、と田宮がスケジューラーを前に首を捻ったそのとき、

「ただいま戻りました」

実に爽やかな声が聞こえたと同時に、アランが田宮のもとに駆け寄ってきた。

「すみません、実家のほうで急用が入り外出していました。事前の許可もなくすみません」

「ああ、そうなんだ」

急用なら仕方がない、と思いつつ頷いた田宮は、その『急用』とはなんだ、ということに好奇心を抱いた。

が、プライバシーの侵害になるな、と思い直し問うのをやめる。

「急用って？」

田宮は問うのをやめたというのに、なぜか富岡がそうアランに問いかけた。

「プライベートな用件だよ」

アランがにっこり、と富岡に笑いかける。

「どんな用件かって聞いてるんだけど？」

尚も突っ込む富岡にアランが、

「聞きたいかい？」

と問い返す。

「聞きたいね」

「おい、富岡」

なぜかしつこく突っ込む富岡を田宮が制したのは、ここでまたいつものような言い争いが起こることになりそうだったのと、もう一つ、上司でも、そして教育係でもない彼が問いつめるべきではないと考えたためだった。

田宮もアランが、公然と『私用』で外出をしていたのであれば、注意の一つもした。が、これが初めて、しかもポーズかもしれないが非常に申し訳なさそうにしているのを見て、今回は叱責《しっせき》も、外出の用件を問い質《ただ》すのもやめたのだった。

なのに富岡がすることはない、と田宮は「なんですか」と問い返してきた彼に、

「ちょっといいか？」

と声をかけ、席を立った。

「コーヒーブレイク？　僕も行こう」

アランが嬉々《きき》とした声を上げ、二人に続こうとする。

「いや、違うから」

アランの前で富岡に注意をしたくないから呼び出したというのに、彼に来られては意味がない、と田宮はアランを止めると、

「いくぞ」

と富岡の腕を取り、近くの会議室へと向かった。

「昼間っから部屋に連れ込むなんて、田宮さん、大胆ですね」

ドアを閉めた途端、富岡がにやにや笑いながら、逆に田宮の腕を取ろうとする。その手をぴしゃりとはねのけると、

「痛いなあ」

と顔を顰めた富岡を、田宮はじろりと睨んだ。

「あ、怒ってる」

「怒ってはいないけど、そろそろアランに絡むの、やめにしないか？」

田宮が富岡を別室に呼んだのは、今の件だけではなく今後についても注意したかったためだった。

アランより富岡のほうが話が通じるだろうと思ったがゆえの選択だったのだが、富岡の反

応は田宮の期待を裏切るものだった。

「僕から絡んだことはないですよ。あいつがいつもうるさく絡んでくるんです。あいつに言ってくださいよ」

「それはわかってるけど」

富岡に言われるまでもなく、田宮にもそれがわかっていた。が、アランが絡んでも富岡が相手にしなければ争いに発展することはない。

それをわかってくれ、と田宮は重ねて頼もうとしたのだが、富岡はそれを待たず、

「それより！」

といきなり田宮に顔を近づけ訴えかけてきた。

「あのアラン、一体何者なんでしょう？」

「近いっ」

キスするような距離にぎょっとし、田宮が富岡の胸を押しやる。

「いや、ひそひそ話なんで」

富岡は負けずにまた田宮に顔を近づけると、

「お前なあっ」

と怒鳴ろうとした彼の耳元にこそりと囁《ささや》いた。

「彼のバックグラウンド、凄《すご》いんですよ。まあ、本人も凄いんだけど」

「……え？」

本当に内緒話をするつもりらしいとわかったものの、田宮は一歩富岡から離れると、

「凄いって？」

と問い返した。

「グループ企業が百以上あるっていう、大企業の御曹司《おんぞうし》です。なんでウチの会社の現地法人みたいなしょぼい会社に就職したんだか、わけわかりません」

「御曹司？　アランが？」

びっくりしたため、田宮の声が高くなる。と、富岡が慌てて、

「しーっ」

と田宮に飛びかかり、掌で口を塞いだ。

「離れろって」

近い、とまた田宮が、今度は声を抑えて富岡を怒鳴り胸を押しやる。

「本当なのか？」

「ほんとです。実は最近、フェイスブックでウチの米国法人のスタッフと繋《つな》がったんですが、彼から今回の逆留学のことを聞いたもので、それで調べてみたんです」

「逆留学のことって？」

相変わらず、少しでも距離を詰めようとする富岡から離れながら、田宮が問いかける。

「米国法人ではあの制度、最初で最後だそうです。そもそもアレはアランのために作られた制度だそうで」

「……デマじゃないのか？」

そんなこと、あり得るんだろうかと眉を顰めた田宮に富岡は、

「僕も、最初聞いたときは他のスタッフのやっかみかと思ったんですがね」

とますます声を潜め、話を続けた。

「複数名から聞いたからおそらく、妬《ねた》みやそねみではなさそうです。我も我もとナショナルスタッフが逆留学制度に次々手を上げる中、あれは『特例』だと早々に釘《くぎ》を刺されたという話でした。それで今、若手の間では不満爆発だそうですよ。なんといってもアランは入社してから一ヶ月、経《た》ってないんですから」

「えーっ」

ここでまた田宮は驚いたあまり、大きな声を上げてしまい、再び富岡に、

「シーッ」

と口を塞がれることになった。

「意味がわからない。たった数週間、勤めただけの人間のために、特例で逆留学制度を？」

「でしょう？　で、僕もアランに興味を抱いたもので、彼の素性を調べたんです」

富岡が自慢げに胸を張ってみせる。

「で、財閥の御曹司だってわかったのか」

「そう。彼のフェイスブックも見つけました。公開していたんで繋がりを見たんですが、そりゃ華々しい交友関係でしたよ」

「……フェイスブックか……」

田宮もその存在は知っていたが、始めてみようと考えたこともなかった。周囲でもあまり『やっている』という人の話を聞いたことがない。

米国ではかなりポピュラーだというからアランはやっているのだろうが、富岡もやっていたのか、と田宮は改めてグローバルな視野を持つ後輩を見やった。

「はい？」

「お前もフェイスブック、やってるんだな」

「社内でも結構いますよ。僕をはじめ、皆、そうそう活用できてないけど」

おそらく富岡は田宮が『やっていない』と踏んだのだろう。謙遜《けんそん》めいたことを言い、笑ってみせる。

「会社名や大学名、高校名なんかを登録しておくと横の繋がりができてくるんですが、本名や学歴、社名なんかを明かすの、日本ではまだ抵抗あるみたいで、アメリカみたいに広がるのは難しいのかもしれませんね」

「確かに、ちょっと抵抗あるな」

インターネット上にそれらの情報を載せるのは怖い、と頷く田宮に富岡が「でしょう」と言葉を続ける。

「日本のネットは匿名性が高いもののほうが流行《はや》りますしね。ツイッターも余程の有名人じゃない限り、本名じゃ登録しないし」

「ツイッターもやってるのか？」

それもまた、田宮は未体験だった。さすがに『何ソレ』とは言わないが、画面を見たことはない。

が、富岡はフェイスブックだけでなく、ツイッターにも登録しているということだった。

「フェイスブックと連動してるんですが、たいしたことは呟《つぶや》いていませんね」

富岡はそう言ったあと、「そうなんだ」と相槌《あいづち》を打つ田宮が聞き捨てならないことを言いだした。

「たまに、田宮さんへの思いを呟くくらいです」

「そういうこと、冗談でも言うなよな」

まったく、と睨む田宮に富岡が、

「冗談のわけないじゃないですか」

と屈託なく笑ってみせる。

「え」

まさか、と田宮が顔色を変えたのを見て富岡は、

「ああ、大丈夫。実名は出していませんから」

そのくらいの配慮はできる、と自慢げに頷いてみせた。

「可愛いキュートな会社の先輩。愛称はごろちゃん……とは呟いてますが」

「それじゃバレバレだろっ」

富岡は先ほど、ツイッターはフェイスブックと連動していると言っていた。そしてフェイスブックには本名も会社名も登録しているという。

ということは、富岡と同じ会社の先輩社員『ごろちゃん』は自分と確定されるじゃないか、と田宮が怒声を張り上げたのを、三度《みたび》富岡が田宮の口を塞ごうとした。

「シーッ」

「何が『シーッ』だ！」

ふざけるな、と田宮は富岡の手を振り払い、部屋を出ようとする。

「ちょ、ちょっと待ってください。本題はまだ全然、話せてないしっ」

慌てて富岡がドアにかかる田宮の腕を引き、自分のほうを向かせた。

「僕のツイッターはどうでもいいんですよ。問題はアランです」

「アランがどうしたんだよ」

富岡により、ワールドワイドに自分のことが公表されていると知らされた腹立ちから田宮

は、未だに脱せていなかった。

だが、その腹立ち以上に、財閥の御曹司がなぜ、日本に本社がある企業の現地法人に入社し、ナショナルスタッフとして逆留学してきたかは気になる、と富岡を見る。

「僕、思ったんですけど」

富岡は今、酷く真面目《まじめ》な表情をしていた。なので田宮は彼の口から次に出る言葉は、それなりの推察だと予想していたが、その予想は激しく外れた。

「アランは田宮さんをどこかで見初《みそ》めたんじゃないでしょうか」

「……はあ？」

なぜにそうなる、と田宮が思わず素っ頓狂な声を上げる。と、今度、富岡は四度目に口を塞ぐことなく、がしっと田宮の両肩を摑むと、ゆさゆさと身体を揺さぶりながら訴えかけてきた。

「奴が日本にきた理由は、何かの機会に田宮さんと出会い、恋したせいじゃないかと思うんです。だからこそ彼はわざわざウチみたいな小さな会社に入り、無理矢理田宮さんのもとに留学してきたんじゃないでしょうか。ねえ、田宮さん、何か心当たり、あるでしょう？　どこかでアランと会ってません？　そこで恋に落ちられていませんか？」

「そんなこと、あるわけないだろう!!」

馬鹿じゃないか、と声を抑えることも忘れ、怒鳴りつけた田宮に、

「わからないじゃないですか！」

と富岡も負けずに怒鳴り返す。

「わかるよ。だいたいアランなんて、一度会ったら忘れるわけないだろ？　インパクトありすぎて！」

田宮の指摘に富岡が、渋々、といった感で頷く。

「まあ、そうですよね。あの王子様ビジュアルじゃあ、忘れようがないっていうか」

「だろう？」

馬鹿げたことを言うなよな、と田宮が富岡を睨んだそのとき、会議室のドアがノックされ、隣の課の事務職がおずおずと、

「あのお」

と声をかけてきた。

「あ、すみません、ここ、使います？」

如才なく富岡が彼女に笑顔で問いかけ、頷いたのを見て視線を田宮へと移す。

「いきましょうか」

「ああ」

田宮もまた事務職に「すみません」と頭を下げると、富岡と二人急いで会議室を出た。

「ともかく、そういったわけですから、アランにはくれぐれも気をつけてくださいよ？」

二人並んで席へと戻りながら、富岡が田宮の耳元に囁いてくる。

「…………」

まだ言うか、と田宮はじろりと富岡を睨んだものの、アランがなぜ逆留学生として来日したかということは、さすがに気になっていた。

財閥の御曹司の気まぐれか。日本企業を紙に書いて壁に貼り、ダーツの矢でも投げて決めた、とでもいうのでなければ、この会社は選ばれるような規模ではないと思うのだが、と、田宮は首を傾げたのだったが、実に驚くべきその『理由』はほどなく彼の、そして富岡の知るところとなった。

4

「おう、高梨、悪いな」

カランカラン、とカウベルの音を響かせ高梨が店に入ると、カウンターに座る納が彼に両手を合わせ謝って寄越した。

「別に、なんも悪いことあらへんよ」

笑顔でそれに応《こた》えた高梨を、この店の店主が、

「いらっしゃあい」

と黄色い声で出迎える。

納が高梨を呼び出したのは、彼が抱える情報屋ミトモの店、新宿二丁目のゲイバー『three friends』だった。

深夜過ぎれば混雑をみせるが、それまでは閑古鳥が鳴いているこの店は密談に最適ゆえ、納は今夜高梨をこの店に呼び出したのである。

「警視、何を飲む？　こいつの入れた、やっすいボトルでいいのかしら？」

シナを作り、高梨に問いかけるミトモを横目に納が「悪かったな」とむっとしてみせる。

「まだ仕事中やさかい、ウーロン茶、もらえますか？」

「まー、警視は真面目ねえ。どっかのバカサメとは大違いだわー」

ミトモが嫌みったらしく、既に水割りを飲んでいた納を見やりながらそう告げる。

「うるせえ」

「サメちゃんは仕事中やないんですよ」

悪態をつく納と、その納をフォローする高梨の声がシンクロして響く中、ミトモは冷蔵庫から取り出したウーロン茶をグラスに、それは丁寧に注ぐと、

「はい」

と両手で高梨に差し出した。

「アタシのオ・ゴ・リ」

何杯でも飲んでね、と目をハートにして告げるミトモに少しも動じることなく高梨は、

「おおきに」

と礼を言うと、すぐに視線を納へと戻し、

「で？」

と、用件を尋ねた。

「……どうも納得いかねえんだよ」

納が渋い顔のまま口を開く。

「社長と間違えて誘拐されて殺された……いう、この間の事件やね？」

確認するまでもなかったが高梨は一応納に問いかけ、彼が頷くより前に言葉を続けた。

「納得できへんのは神奈川県警の捜査方針？」

「ああ、初動捜査が間違ってるんじゃねえかと、思えて仕方がねえんだよ」

店内には高梨と納、それにミトモの三人しかいなかったが、納は心持ち潜めた声でそう言うと、

「とはいえ、県警の態度が悪いからじゃねえぜ？」

と、言い訳のように言葉を足した。

「わかっとるて。サメちゃんがそない、ケツの穴が小さい男やない、いうことは」

高梨が笑って納の背を軽く叩《たた》く。

「ケツの穴……って、なんか意味深ねえ」

ふふ、とふざけて笑うミトモにまた納は「うるせえ」と悪態をつくと、高梨の背をバシッと叩き返した。

「ありがとよ」

「礼言うこととちゃうやろ」

高梨も納の背をバシッと叩き返すと、

「詳しいこと、話してくれるか？」

と身を乗り出した。

「ああ」

頷き、納が捜査状況を説明し始める。

「神奈川県警はこの事件を、誘拐事件として見ている。佐野は間違えて誘拐され、それがわかって殺されたと。殺害したのは速水社長を誘拐しようとした中国だか韓国だかのマフィア——その線で捜査を進めろということなんだが、この『外国人マフィア』に該当する組織がどれほど捜査しても浮かんでこないんだ」

「そもそもなんで、外国人マフィア、いうことになったんやっけ？」

高梨の問いに納が答える。

「脅迫電話をかけてきた相手が片言の日本語を喋っていたというのと、背後で聞こえていたのが中国語のようだった、という速水社長の証言からだ」

「実行犯は外国人でも、首謀者は違う、いう話にはならへんの？」

「ああ、なってない。あくまでも捜査は外国人マフィア一本だ」

それがおかしいと思うんだが、と納が唸る。

「営利目的の誘拐、というだけでなく、誰かに恨みを買っていたという可能性だってゼロじゃない。が、県警はあくまでも中国人——だか韓国人だかのマフィアを追うというんだ」

「で、該当する団体は今のところ見つかってない、と」

言葉を挟んだ高梨に納が「そうなんだ」と頷く。

「そういった団体は新宿にもいるはいる。が、今まで彼らが企業の社長を誘拐する、という事件を起こしたことはない。リスクが高すぎる上に成功の可能性は高いとはいえないからな。加えて死体の遺棄場所だ」

「御苑近くの一軒家やったな」

場所を思い出しつつ答えた高梨に、

「もしも本当に営利目的の誘拐を目的としていた犯人なら、見つかるような場所にわざわざ死体を捨てはしない。金を一銭もとれていないのに遺体から捜査の手が延びる確率は高いからな」

「ほんまにそうやね。いくらでも見つからん場所に遺棄できそうやし……」

高梨は相槌を打つと、遺体を敢えて発見されるような場所に捨てた理由を挙げていった。

「遺体を発見させることに意味がある——たとえば報復、脅し……あとはなんやろ？」

「県警は、脅しと判断したようだ。金を払わなければこうなるのだ、というマフィアの主張だと。だが、この事件を機に速水社長は警護の対象となり、誘拐は今まで以上に困難になった。そのくらいのこと、誰でも予想しないか？」

「する……わな」

「それを指摘すると、それなら見せしめだ、と言い返された。カッとなって殺したんだろうと。それも無理があると俺は思うんだ」

「営利目的の誘拐なら、そもそも『誘拐』が成立せな、話にならんからな」

確かにそのとおり、と高梨が頷き言葉を続ける。

「可能性としてありそうなのは『報復』やろか。となると、営利目的ゆうよりは恨みを抱いてのもの、いう気がするな」

「ああ、俺もそう思って、それで速水社長に聞き込みに行こうとしたんだ。が、県警に止められた」

「なんで？」

素で驚き高梨が目を見開く。

「捜査の主導権は県警が握っている。社長には県警の刑事が聞き込みに行ったから必要ない、だそうだ」

「なんとも横暴やねえ」

高梨が呆れた声を上げたのに、

「まあ、仕方ないいんじゃないのお？」

と、横からミトモが口を挟んできた。

「それが所轄の悲しさよ……ってことなんじゃない？」

「県警と新宿署はそれこそ管轄が違うやろ」

命令をきくことはないのでは、と高梨は納を見る。

「まあ、ウチの署長が日和見だからな」

納は肩を竦めてみせたあと、

「それで」

と視線をミトモへと移した。

「ミトモに頼んで速水社長の近辺を調べてもらった。結果、ますます営利目的の誘拐という線に疑問を覚え、それでお前に話を聞いてもらいたくなったんだ」

「ま、アタシには上の顔色見る必要もなきゃ、県警の阿呆《あほう》どもにびくびくする必要もないからね」

にやにや笑いながらミトモはそう揶揄《やゆ》めいたことを言うと、

「いいから話せよ」

と彼を睨む納を無視し、高梨へと身を乗り出してきた。

「速水社長、最近めっきりメディアで見なくなったでしょう？」

「ミトモ、誰もいねえんだから、そんなに密着する必要ねえだろ」

こそこそと高梨の耳元で囁いていたミトモに、納が冷たい声を飛ばす。

「ヤキモチやくんじゃないわよ、馬鹿サメ」

「誰が妬《や》くかよ」

馬鹿馬鹿しい、と納は吐き捨てると、ミトモの代わりとばかりに口を開いた。

「無理な投資がたたって、速水の会社の経営は今左前だそうだ。ふつうなら倒産しかねないところを、妻の実家からの援助でなんとか回しているんだと。手を広げすぎたということで、今、必死に建て直しをはかっているそうだ。業界内でそれを知らない人間はおらず、今、速水を誘拐したところでいくらの金がとれるというんだ、と笑い話にさえされているらしい」

「へえ、意外やね。そこまで落ちぶれとったんか」

「まあ、ＩＴ業界は入れ替わりが激しいからね」

よほどの大手以外は、とミトモが納から話を引き継ぎ、続きを喋りだす。

「速水社長と闇《やみ》社会の関係も調べたんだけど、これ、という線は出てこなかったわ。彼、典型的な『マスオさん』なのよ」

「マスオさん？」

どないな意味ですか、と高梨がミトモに問う。

「彼の奥さん、東菱銀行のもと頭取のお嬢さんなのよ。実家は渋谷区松濤にある二百坪のお屋敷で、超がつくほどの資産家。ま、いわば速水社長は逆タマってことね」

「なるほど。養子にこそ入らなかったが、ほとんど養子状態という、あの『マスオさん』ですか」

納得し、頷いた高梨にミトモは「そうそう」と頷き、話を再開する。

「会社設立の資金も奥さんの実家から出てたんだけど、今もまた資金援助をしてもらってるって。義理のお父さんの目が常に光っているから、ヤバい連中とのかかわりなんて持てるわけがないの。そんなことがバレたら速攻、援助を打ち切られちゃうもの」

「確かに。義理の父親も自分が火の粉をかぶりたくないでしょうから、きっちり見張っとるでしょうしな」

高梨が再度納得してみせ、「そのとおり」とミトモもまた頷く。

「早いところ経営を建て直さないと、資金援助も打ち切られるんじゃないかと、もっぱらの評判だけどね。まあ、もと頭取が超がつくほどの親馬鹿らしいから、夫婦関係がうまくいってるうちは大丈夫じゃないかって、そんなことも言われてるわ」

「その、義理の父親の金を狙ったんやないかな」

高梨がふと思いつき、そう告げたが、すぐ、

「ああ、それなら奥さんのほうを狙うか」

と唸り、またすぐ口を開く。

「金目的やなくて、企業への嫌がらせ、いうんはどうやろ。速水、もしくは彼の会社に恨みを持つ人間が営利目的ではなく世間的にダメージを与えるために誘拐を企《くわだ》てた……もしくは、最初から殺害を目的とした誘拐やった。もしくは……」

と、ここで高梨が一瞬口を閉ざし、納を見る。

「なんだ？」

「もともと、殺害対象は佐野だった、いう可能性もある」

「ああ、その発想はなかった」

納は一瞬虚を衝《つ》かれた顔になったが、高梨が、

「可能性の一つや」

と笑うと少しほっとしたように、

「まあ、そうだな」

と笑顔になり、気を取り直した様子で話し始めた。

「お前が挙げてくれたように、速水誘拐の可能性は営利だけじゃなく恨み、というものもある。なのに県警は実行犯と思われる外国人マフィア一本に捜査を絞り、我々に速水社長の周辺捜査をさせようとしない。だいたい、外国人マフィアだという根拠は、犯人が片言の日本語を話していたという社長と奥さんの証言のみだぜ？　信用しないわけじゃないが、それだけの根拠で捜査方針を決めるのは危険すぎるだろう」

「もしかして圧力でもかかっとるんやないかな。それこそ奥さんの親から」

憤る納に、気持ちはわかる、と思いつつ高梨が問いかける。

「その可能性は否定できん……で、仕方なくミトモに調査を頼んだんだ」

「ちょっとお、『仕方なく』ってなによ」

失礼しちゃうわね、とミトモが口を尖らせる。

「喜んで依頼させてもらった……これでいいだろ？」

「わざとらしいわね」

でもまあ、いいわ、と、ミトモはあっさり嫌みを引っ込めると彼の調べた『情報』を伝え始めた。

「今までわかってるのは、さっき言った速水の会社の業績のこと、それに義理の父親に気を遣いまくってること、そのくらいなの。あとは夫婦仲。随分冷めているみたいよ。奥さんはどうも、浮気しているようね」

「夫のほうは？　義父に気を遣ってそれどころじゃない？」

納の問いにミトモが、

「当然」

と頷く。

「で、妻の浮気は黙認、と」

「離婚されたら困るからでしょう」

高梨の言葉にミトモはすかさず答えると、速水の妻についての情報を喋り始めた。

「随分と派手好きな奥さんで、ついこの間まで新宿のホストに入れあげてたわ。その前が宝塚のスターさん。どちらも八桁《けた》の金をばらまいてたみたい」

「八桁て!?」

「百万……じゃなくて一千万単位か！」

高梨と納、二人して仰天した声を上げる中、

「さすがにそれだけお金を使ったから、ホストにも飽きたみたいよ」

とミトモが肩を竦める。

「で、今はホスト以外に恋人がいる、と？」

「今度はなんだ？　アイドル歌手か？　俳優か？」

高梨と納がミトモに対し身を乗り出し問いかける。

「それを今、探ってるところよ」

ミトモが少しバツの悪そうな顔になり、言葉を続ける。

「芸能人や有名人じゃないみたい。水商売系も違いそう。すぐに調べるから、もうちょっと待っててよ」

「なんだ、お前にしては時間、かかってるな」

納が少し驚いた顔になり、揶揄ではなくそう告げる。

「横浜は遠いのよ」

ミトモ自身も、自分の調査の進捗には満足していなかったようで——だからこそ、バツの悪い顔になったと思われる——ぼそりとそう告げると、

「明日には妻の新恋人を見つけてみせるわ」

と悔しげな口調で告げた。

「あまり無理すんなよ」

思いやり溢れる言葉を納がかけたが、それに対してミトモは照れたのか、

「無理しなきゃ、情報屋なんてやってられないわよ」

と悪態で返していた。

「あんだよ、人がせっかく」

「何がせっかくよ」

いつものように言い合い——というより、じゃれ合いといったほうがいいやりとりを始めた二人を高梨が微笑ましく見ていたそのとき、ポケットに入れてあった携帯が着信に震えた。

「はい、高梨」

ディスプレイを見た瞬間、はっとした顔になり、即座に応対にでた彼を見て、納もまた、はっとした顔になる。

「……わかりました。すぐ向かいます」

短く答え、電話を切った高梨は、納が「どうした」と問いかけるより前に口を開いていた。

「サメちゃん、殺しやて。現場はここから近所や。すぐ行こう」

「おう、わかった!」

納は頷くとミトモを振り返り「勘定！」と叫ぶ。

「ツケでしょ、いつも」

何カッコつけてんの、とミトモが冷たい目を向けるのに、

「うるせえ」

と言い返しながらも納は彼の言葉に甘え、ツケにすることにしたようだった。

「いってらっしゃい」

「ミトモさん、おおきに！　また寄らしてもらいますんで！」

「ミトモ、またな」

見送るミトモに高梨と納はそれぞれに声をかけ、バー『three friends』を駆けだした。

「現場は？」

「厚生年金の裏手やて」

「本当に近所だな」

走りながら納が高梨に事件の概要を尋ねる。

「殺されたのは？」

「若い男らしい。詳しいことは行ってからやないと何もわからんわ」

「まあ、そりゃそうだな」

あとは二人、無言で新宿二丁目を駆け抜け、厚生年金会館へと到着した。

「あ、警視、こっちです！」

ちょうど覆面パトカーを会館前に乗り付けた竹中が高梨に手を振ったあと、納を見て、あれ、という顔になる。

「ご一緒だったんですか」

「ああ、二丁目で飲んでた」

高梨の答えに竹中が、にやり、と笑う。

「浮気ですね」

「アホ。それよりガイシャは？」

現場はどこだ、と問いかける高梨に竹中が今更のように、

「それが大変なんですよ！」

と興奮した顔になる。

「何が大変なんや」

竹中はちょっとしたことでも『大変』と大仰《おおぎょう》に騒いでみせる。それを知っているだけに高梨は、半分くらい彼の『大変』を信用していなかったのだが、直後に竹中の口から出た言葉にはそれこそ大仰な声を上げてしまったのだった。

「殺されていたのは、例の誘拐事件の速水社長、彼の秘書だっていうんですよ」

「なんやて!?」

「なんだって!?」

高梨の、そして納の仰天した声が、夜の新宿に響きわたった。


「あ、警視、おつかれさまですぅ」

現場は厚生年金会館裏手の空き地だった。急拵《きゅうごしら》えのビニールテントの中、ライトの下から高梨に向かい、媚《こ》びた声を上げながら手を振ってよこしたのは、鑑識係の井上《いのうえ》だった。

滅多《めった》にみない美青年ではあるのだが、監察医の栖原同様、非常に緩い貞操観念の持ち主であることが広く知れ渡っている、ある意味『名物』鑑識である。

ゲイであることを公言している彼は好みの男に対し、職場だろうが現場だろうがかまわず派手派手しいアプローチをしかけてくる。

卓越した観察眼や推察力をもっていなければ、素行が問題になりクビになりかねない、そんな美貌の鑑識係なのだった。

高梨は彼にとって、ストライクゾーンど真ん中とのことで、隙《すき》あらば、といった感じで常に媚びた視線を送ってくる。あからさまに誘えばきっぱりと断られるとわかっているだけに、遠巻きに攻めている、というスタンスの取り方をする彼はまた、人間関係についても鋭い観察眼を持っていた。

「お疲れさんです。遺体は？」

高梨も心得たもので、アプローチに気づかぬふりをし笑顔を向ける。

「こっちです。この間の遺体とほぼ同じ状態です。凶器が被害者本人のネクタイなのも一緒、ガムテープの種類もおそらく一緒かと」

「同一犯によるものと見て、間違いない、と？」

問いながら高梨は井上に導かれ遺体へと辿《たど》り着くと、跪《ひざまず》き両手を合わせてから確認をし始めた。

既に現場での検案はすんでいるとのことで、顔を覆っていたガムテープは外されていた。ついこの間見たのと同じような状態の遺体はやはり若い男だったが、佐野とは随分印象が違った。

身長は百六十五センチあるかないかという小柄な男である。普段は眼鏡をかけているのか、鼻柱にあとがついていた。

スーツは、極端に細い体型のせいもあるだろうがオーダーメイドのようだった。上質の生地を使っており、高梨がタグを見ると高級イタリアンブランドの品であることがわかった。

「財布も名刺入れも手つかずで、それで速水社長の秘書だとすぐわかったそうですよ」

遺体を観察する高梨の横に座り、井上がそれまでの状況を簡単に説明する。

「何か気づいたことはありますか？」

高梨が鑑識としての見解を聞くと、井上は、

「そうですねえ」

と暫《しば》し考える素振りをした。

「遺体は車で運んだようですが、車輪の痕《あと》の特定は難しそうですね。あと、空き地の雑草がカーペット状態になってて、靴痕の採取も難しいです」

「あとは目撃情報か……」

高梨はそう言ったものの、人通りのあまりないようなこの場所では、目撃情報を得るのも難しいかと溜め息をついた。

「遺留品、探しますんで」

伝えるべきことは他にないようで、井上はそう言うと立ち上がり、遺体の傍を離れていった。

「おおきに」

高梨が彼の背に礼を言い、再び遺体を見やる。

「同一犯……だろうか」

「模倣犯、いう可能性もあるんやないか？」

井上のいた場所に座り、話しかけてきた納を高梨が振り返る。

「……ああ、そういや、佐野の事件、随分詳しく報道されてたもんな」

納が苦々しげな顔で頷いたとおり、佐野の事件の概要は実に細かいところまでがニュースやワイドショーで放映され、週刊誌の記事にもなっていた。

報道機関を抑えなかったのは神奈川県警の判断であり、その理由は彼らが犯人を『外国人マフィア』とほぼ断定していたためで、そうした団体の情報を募る目的もあった。

そのせいで『犯人は外国人マフィア』と決めつけている報道も多かったが、県警が期待したような情報は集まらず、犯人逮捕の目星がつかない中、報道は日々加熱しつつあった。

「現場は都内やし、同一犯の可能性は高いとはいえ、違う、いう可能性もゼロやない……」

高梨は独りごとのようにそう呟くと、よし、と大きく頷き立ち上がった。

「県警との合同捜査やな」

「……県警が了承するかね」

きっぱりと言い切る高梨の顔を、納が心配そうに覗き込む。

「そこは課長にきばってもらうしかないな」

ふふ、と納に笑い返しながらも、高梨の目には、殺人犯を決して許すまじという正義の焔《ほむら》が燃えていた。

5

「吾郎《ごろう》、もんじゃというのが食べてみたい。今晩、付き合ってもらえないかな？」

終業ベルが鳴った途端、アランが田宮《たみや》に嬉々《きき》として声をかけてきた。

「もんじゃなら僕も行きます」

すかさず富岡《とみおか》が立ち上がり、田宮のデスクに駆け寄ってくる。

「君は忙しいんじゃないのかい？」

「時間なんて作ろうと思えば作れるものさ」

「別に作ってくれなくてもかまわないよ」

「お前こそ、まともに仕事しろよな。なんで定時で帰れるんだよ」

「それは僕が優秀だからだよ」

いつものように、不毛な言い争いを始めたアランと富岡を前に、田宮は、はあ、と溜《た》め息をつくと、

「それじゃ、お先に」

と、鞄《かばん》を手に立ち上がった。

「吾郎、どこに行くんだい？　もんじゃは？」

「お前ら二人で行けば」

高梨からは、今夜、遅くなるという連絡は入っていたので、もんじゃに付き合えないこともなかったのだが、月島のもんじゃ焼き屋でまで彼らの不毛な争いを聞きたくない、と田宮が冷たく言い放つ。

「それじゃ意味がないですよ」

「そうだよ、吾郎、一緒に行こう」

途端にアランと富岡は息の合ったところを見せ、嫌がる田宮を引きずるようにしてオフィスを出ると、タクシーに無理矢理押し込み、月島を目指した。

「田宮さん、もんじゃ、焼けます？」

運転手に呆《あき》れられながらもじゃんけんで勝負し、負けたアランを助手席に追いやると、富岡は田宮にぴたりとくっついて座りつつ、そう耳元に囁《ささや》いてきた。

「近い」

離れろ、と胸を押しやり距離を取ってから、

「焼けるけど？」

と問いに答える。

「よかった。僕、一回くらいしか食べたことないんですよ」

富岡がほっとした顔になり、またも田宮の耳元に囁く。

「だから近いって」

離れろ、と田宮が再び富岡の胸を押しやったとき、助手席のアランが二人を振り返り話に割り込んできた。

「二人とも、何をこそこそ話しているんだい？」

「別に」

冷たく即答したのは富岡で、わざとらしくまた田宮の耳元に何かを囁こうとする。まったくもう、と田宮は無言でそんな彼の胸を押しやると、

「ところで、なんで急に『もんじゃ』が食べたくなったんだ？」

とアランに問いかけた。

「ああ、テレビドラマに出てきたんだ。どんな味がするのだろうと興味を覚えてね」

「ドラマ？」

「ああ、それ、僕も観ました。推理ものですよね。家、帰ったらちょうどやってて、つい最後まで観ちゃいましたよ」

面白かったですよ、と今度は富岡が無理矢理会話に入ってくる。

「本筋とは関係ないんだけど、主人公たちが月島でもんじゃ食べるんですよ。これが美味《おい》しそうで、ああ、食べたいなと思ったんだった」

ツイッターでも呟《つぶや》きました、と富岡が言ったあたりで、タクシーは月島の、いわゆる『もんじゃストリート』と言われる場所に到着した。

「どの店がいいんでしょうね」

タクシーを降りたあと、富岡がきょろきょろと周囲を見回している間に、

「吾郎、こっちだ」

と、アランが先に立って歩き出した。

「店、決めてるのか？」

田宮が戸惑《とまど》いながらも彼のあとに続く。

「ああ。評判のいい店をリサーチした」

「へえ」

さすがだな、と感心してみせた田宮にアランが笑いかける。

「一応、もんじゃの焼き方も調べてはきたけど、未体験だからね。吾郎に焼き方を教えてもらいたいな」

「……なんか、プレッシャーかも」

田宮自身、もんじゃ焼きは過去に数回食べたことがある程度で、焼くのがそう得意というわけでもない。改めて焼き方を、と思い起こそうとしても、なんとなく覚えている、というくらいなので、ちゃんと焼けるか自信もなかった。

それゆえ、ぼそりと呟いてしまった彼に、アランがぱちりとウインクをして寄越す。

「プレッシャーなど感じる必要はないよ、吾郎。君が作ってくれたものが美味しくないわけがない」

「あー、気の毒に。お前は田宮さんの手料理、食べたことないんだなあ」

と、ここで富岡が大仰《おおぎょう》に溜め息をつくと、優越感たっぷり、といったように胸を張る。

「だからもんじゃを焼いてもらうくらいで満足できるんだろうけどな」

「君は吾郎の手料理を食べたことがあるとでも？」

さも馬鹿《ばか》にした様子の富岡に、アランが食ってかかる。

「当然」

「待て、俺がいつお前に手料理を？」

食べさせたことなどなかったはずだが、と田宮が口を挟もうとしたのに、

「いやだなあ、忘れちゃったんですか」

と富岡が哀《かな》しげな顔になる。

「ほら、前のアパートで、ビールご馳走《ちそう》になったじゃないですか」

「あれはスーパーで買った漬け物だって言ったろ？」

話を盛るな、と田宮が富岡を睨《にら》んだとき、

「あ、あった」

と、前を歩いていたアランが一軒のもんじゃ焼き屋の前で足を止めた。

「ここが美味しいという話だった」

「へえ、渋いな」

周囲のもんじゃ屋は、来店した芸能人の写真を貼ったパネルなどを飾り派手派手しく宣伝しているが、アランが入ろうとしている店はそういった装飾が一切ない、古びた、そして地味な感じのする店だった。

「こういう店が穴場なんだよ」

アランが『渋い』と言った富岡をちらと見やり、馬鹿にしたように笑ってみせる。

「……感じ悪いですよね、あいつ」

富岡がぼそりと囁いてきたのに、確かに、と内心思いつつも田宮は、

「いいから入ろう」

と富岡を促し、アランと共に店に入った。

「いらっしゃい」

確かに人気店らしく店内は満席だったが、タイミングのいいことに、ちょうど客が一組、立ったところだった。

客たちの注目が一瞬、アランに集まる。そりゃ見るだろう、と田宮は改めてアランの、王子と見紛《みまが》う美貌《びぼう》へと視線を向けた。

「い、いらっしゃいませ」

アルバイトと思《おぼ》しき若い女の子が、おずおずとアランに声をかける。

「三人なんだけど、入れるかい？」

「日本語！」

アランが話しかけると彼女はびっくりしたように目を見開き叫んだが、店内にいた客たちも彼女同様、アランの流暢《りゅうちょう》な日本語に驚き、こそこそと互いに話し始めた。

「ここ、片付けるんでどうぞ」

と、奥から店主らしい年配の女性が現れ、今、会計をしている客たちのいたテーブルを示してみせる。

「ありがとう」

アランは彼女ににっこりと笑いかけると、

「ラッキーだったね」

と、田宮と富岡にも笑顔を向け、そのままテーブルへと向かっていった。

「ご注文は？」

「まず、生、でいいかな？」

アランに問われ、田宮と富岡は顔を見合わせつつ「ああ」とそれぞれに頷《うなず》く。

「最初にもんじゃを二つくらい頼んで、そのあと焼きそばを頼むのはどうだろう。お好み焼きが食べたいのならリクエストに応《こた》えるけど」

「……準備万端だな」

場を仕切り始めたアランに、ここにいる誰よりもんじゃに詳しいんじゃないか、と田宮が感嘆し、横では富岡が、

「それなら一人で来られたんじゃないか？」

と意地の悪い声を出した。

「吾郎と来るために調べたのさ。デートの前にはいろいろリサーチするだろう？」

「やっぱり最初からそのつもりだったんだな」

いつものようにアランと富岡が言い争いを始める。

「おい、いい加減にしろよ」

ただでさえアランの美貌ゆえ店内の注目が集まりまくっているというのに、その上ホモの修羅場では、更に注目を集めてしまう、と田宮は二人を諫《いさ》めようとしたのだが、いつもどおり、富岡も、そしてアランも田宮の制止など聞かず、ますます声高《こわだか》になり互いを罵《ののし》り始めた。

「せっかくのデートだというのに、なぜついてくるのか。君には『気を利《き》かせる』という概念がないのかい？」

と、アランが富岡を詰《なじ》ったかと思うと、

「そういうお前には、人のものには手を出さない、という概念がないのか？」

とすかさず富岡が言い返す。

「人のものって、吾郎は君のものじゃないだろう」

呆れた口調でアランが言ったところに、ちょうど生ビールが運ばれてきた。

「どうも」

好奇心がありありと瞳《ひとみ》に現れているアルバイトの若い女の子にアランはにっこりと微笑《ほほえ》むと、

「それじゃ、吾郎、もんじゃは何がいい？」

そう、まるで富岡を無視し、話しかけてくる。

「おい、お前な」

むっとした富岡が尚《なお》も彼に話しかけようとするのを、

「カレーがお勧《すす》めだということだった。チーズをトッピングするといいらしい。ああ、もち明太も人気らしいよ」

と、尚も富岡を無視し続ける。

「お前なあっ」

ここで富岡が切れ、アランを怒鳴りつけた。

「おいっ」

またも店中の注目が集まるのを察し、田宮は彼を止めたのだが、富岡の怒りは収まらず、アランに罵声《ばせい》を浴びせ始めた。

「お前、いい加減にしろよ？　田宮さんだって迷惑してるんだ。そのくらい気づけよっ」

「…………」

それをお前が言うか、と、思わず心の中で呟いた田宮の声が聞こえたかのように、アランが、やれやれ、と肩を竦《すく》める。

「吾郎が迷惑しているのは、君に対しても、だと思うけど」

「何を⁉」

ますます腹を立てた様子の富岡を田宮は、

「もう黙れ！」

と怒鳴ると、注文を取れずに困っていた――というよりは、いきなり始まった喧嘩《けんか》に興味津々《しんしん》となっている様子のアルバイトの女性に、

「すみません、カレーにチーズのトッピングと、あと、もち明太で」

そう注文し、改めて富岡とアランを睨み、口を開いた。

「二人ともいい加減にしろ！　他のお客さんの迷惑になるだろ！」

「そのとおり。今度騒いだら出ていってもらうよ」

と、アルバイトの女性と入れ替わりに店の奥から現れた先ほどの年配の店主が、じろり、と三人を睨み、ドスのきいた声でそう告げた。

「す、すみません。本当にもう、騒ぎませんので」

やはり店の人の目に余ったか、と田宮が反省し、平身低頭して店主に詫《わ》びる。

「申し訳ありません」

「もう騒ぎません」

富岡とアランも頭を下げ、これでようやく静かになる、と田宮は胸を撫《な》で下ろした。

すぐに注文の品が運ばれてきて、田宮はアランと富岡の見守る中、もんじゃを作ることになった。

確か土手を作るんだったよな、と手順を思い出していた田宮に、アランが声をかけてくる。

「大丈夫？　なんなら僕がやろうか？」

「できるのなら最初からやればいいのに」

富岡が聞こえよがしにぼそりと呟く。

「……おい……」

また不毛な言い争いを始めるつもりか、と田宮はじろりと富岡を睨むと、

「大丈夫」

とアランには笑顔を向け、手にしていたボールの中の具をまず鉄板の上に落とした。

すかさずアランがコテを手にとり、土手を作り始める。

「上手《うま》いな」

かなりの手際のよさに、田宮は心から感心した声を上げアランを見た。

「本当に。初めてとは思えませんね」

富岡がトゲのある言い方をし、アランをじろりと睨む。アランはそんな富岡をちらと見やり、『ふふん』と鼻で笑うと、打って変わった明るい笑みを田宮へと向けてきた。

「土手はできたよ。出汁《だし》を注ぎ込んでくれるかい？」

「あ？　ああ」

田宮が慌ててボールの中の出汁をアランの作った土手の中に流し込む。

「二人初めての共同作業だね」

にっこり、とアランが綺麗《きれい》なブルーの瞳を細めて微笑む。

「……別に……」

『共同作業』というようなものではないだろう、と田宮がぼそりと呟きかけたそのとき、富岡のむっとした声が横から響いてきた。

「お前、一体どういうつもりだ？」

「何が？」

先ほど田宮——と店主に怒られたため、富岡は声のトーンを抑えていた。が、アランはそういった配慮をまるでせず、快活といっていいほど明るい口調、大きな声で富岡に問い返す。

その明るさが富岡にはまたカチンときたようだったが、いけないいけない、というように軽く頭を振ってみせると、相変わらず抑えた口調で言葉を続けた。

「お前の素性について、ちょっと調べさせてもらった。随分と派手派手しい経歴とバックグラウンドを持ってるじゃないか」

「なんだ、僕に興味を持ってくれたのかい？」

対するアランはどこまでも明るく、屈託がなかった。本当に喜んでいるのでは、と思えるような弾んだ声で相槌《あいづち》を打ちながら、鉄板の上のもんじゃをかき混ぜている。

「親がいくつも大会社を経営しているのに、なぜ日本企業の現地法人なんかに入社したんだ？　言っちゃなんだが、ウチは別に国内でもトップ企業ってわけじゃない。なのになぜウチを選んだ？」

「君はなぜ、この会社を選んだんだい？」

富岡の問いには答えず、アランが逆に問い返す。

「今は僕が質問しているんじゃないか」

富岡はそれでますますむっとしたようで、冷たくそう言い捨てるとアランに向かって身を乗り出し、厳しい口調で彼を追求していった。

「しかもお前は入社後一ヶ月で日本本社に留学を希望し、強引に通している。その理由は？　配属部署まで指定したというじゃないか」

「それはどこから聞いたんだい？　米国T社か？」

ここでアランの顔から笑みが消えた。驚いたように富岡に問い返したところをみると、今、富岡の言ったことは当たっているということか、と、田宮もまた驚き目を見開く。

「ニュースソースを明かす義務はない」

「別に聞いたところで、どうもしやしないよ。留学の目的は果たせたからね」

ふふ、とアランは笑うと、

「いや、驚いた。君は凄《すご》いな」

と素で感心したように富岡を見やった。

「世辞は結構」

「お世辞じゃない。本気で感動してる」

アランがじっと富岡を見つめ、口を開く。

「そこまで調べたということは、僕の来日の目的ももう、バレてしまっているんだろうね」

「ああ」

頷いた富岡が、横に座る田宮へと視線を向けたかと思うと、やにわに肩を抱いてきた。

「おいっ」

いきなりなんだ、と田宮が驚いた声を上げたのにかぶせ、富岡が大声で宣言する。

「田宮さんは渡さないっ！」

と、その声が響くとほぼ同時に、アランの凛《りん》とした声もまた、店内に響きわたった。

「そうだ！　僕は君に会うために日本に来たんだ！」

「…………」

「…………え？」

それぞれの客たちが談笑していた賑《にぎ》やかな店内が、唐突に響きわたった二人の男のよく通る声に、一瞬しんとなる。

その沈黙の中、富岡が絶句し、田宮が思わず戸惑いの声を上げた理由は、すっと伸ばされたアランの手が真っ直《す》ぐに富岡へと向かっていたためだった。

富岡がすぐ目の前に差し出されたアランの、綺麗に手入れされた指先と彼の端整な顔を代わる代わるに眺める。

「雅己《まさみ》、僕は君に会うために、はるばる日本にやってきたんだよ」

そんな富岡に向かい、アランはにっこりと、それは優雅に微笑むと、さらに指先を伸ばし、富岡の頬《ほお》に触れた。

「えーっっっ!!」

富岡の絶叫が店内に響きわたる。と、奥からもの凄い勢いで店主が飛び出してきて、田宮たちのテーブルの前に仁王立ちになった。

「あんたたち！　騒いだら出てけって言っただろ!!」

「す、すみませんっ」

あまりのことに呆然《ぼうぜん》としていた田宮だったが、それで我に返り、慌てて店主に詫びる。

「ああ、もう、もんじゃも焼けてるじゃないか。早く食べな」

「は、はい」

「ああ、本当だ。せっかくのもんじゃが焦《こ》げてしまう」

店主の剣幕などどこ吹く風、とばかりにアランは優雅に微笑むと、コテでもんじゃをすくい、それを富岡の前の皿に盛る。

「君が食べたいといっていたもんじゃだ。上手く焼けるよう家で特訓したんだよ。是非《ぜひ》、食べてもらいたいな」

「…………」

未《いま》だに田宮の肩を抱いたまま固まっていた富岡が、その言葉にますます絶句する。

これは本気だ、と、思わずごくりと唾《つば》を飲み込んでしまいながら田宮は、富岡に熱い眼差しを注ぐアランと、展開についていかれずただただ唖然《あぜん》としている富岡を思わず、代わる代わるに見つめてしまったのだった。

その後、田宮たちは店主にすっかり睨まれてしまい、居心地の悪さから注文の品を食べ終

わるとすぐ勘定をすませて店を出た。

決して長いとはいえない食事の間、富岡は呆然としており、アランはそれは熱く富岡に、自分がどうやって彼を見初《みそ》めたかを語り続けていた。

きっかけはフェイスブックだということで、知人の知人を辿《たど》っていき、富岡に行き当たった。富岡はフェイスブックのプロフィールに自分の写真を載せており、それを見たアランは、

「一目で恋に落ちたんだ！」

——ということだったらしい。

フェイスブックは公開範囲を友人までとしていたが、ツイッターは全体に公開していた上に、プロフィールには彼のブログのリンクも貼ってあったとのことで、アランはそれらを熟読し、顔だけでなく人となりにも惹《ひ》かれていった。

想いは日々募り、我慢できなくなった彼はついに行動を起こす。それが今回の留学だったのだ、と得意げに語るアランを前に、富岡だけでなく田宮もまた言葉を失ってしまったのだった。

「君の気を惹くにはどうしたらいいのか、必死で考えた。ツイッターやブログによると君は同じ会社の先輩である『ごろちゃん』に夢中だ。正攻法で告白したとしても聞く耳を持ってもらえないだろう……で、思いついたんだ。その『ごろちゃん』を利用しようと」

本人が目の前にいるというのに、堂々と『利用』と言い切ったアランに、田宮は啞然とし

てしまったが、既《すで》にアランにとっては田宮はどうでもいい存在になっているようで、フォローの一つもなかった。

「君は僕の策略に乗ってくれた。計画どおり僕に興味を持ってもらえた。そうなればもう、あとは押すだけだ。雅己、どうか僕の想いを受け入れてほしい」

もんじゃを焼きながら、切々とアランは富岡に告白し続けたが、対する富岡のリアクションは驚愕《きょうがく》が大きすぎたためだろう、ほぼ皆無といってよかった。

「雅己、もう一軒行こう」

もんじゃ焼き屋を出るとアランは、田宮になどもう用はないとばかりに無視し、富岡のみを誘ってきた。

「いや、今夜は帰る」

「そんなこと言わないで。まだ九時になったばかりだよ？　もう一軒くらい付き合ってくれてもいいじゃないか」

すっかり腰が退けている富岡に、アランが猛烈なアプローチをしかけている。

なんだかデジャビュだな、という感想を抱《いだ》いた田宮は、すぐに、アランを富岡に、富岡を自分に置き換えれば、日常茶飯事の出来事だということに気づいた。

「助けてください、田宮さん……っ」

気づいているのかいないのか、富岡が本気で困り果てた様子で田宮に縋《すが》ってくる。

「あー……」

自分もまた強引な押しには――押してくるのは富岡だったが――日頃迷惑しているだけに、困り果てている富岡を捨て置くことはできず、かといってどうやって『助け』ればいいかもわからなかった田宮もまた困り果て、二人の間で絶句する。

「行こう、雅己」

アランは強引に富岡の腕を摑《つか》むと、そのまま彼を引きずっていく。

「田宮さーん！」

救いを求める富岡の声が、もんじゃストリートに響き渡ったが、田宮はどうすることもできず、嬉々《きき》として富岡を連れていくアランと、やめろ、離せ、と喚《わめ》く富岡が次第に遠ざかっていくのをただ呆然と見つめていた。

6

速水《はやみ》社長の秘書、田中充《たなかみつる》殺害事件の捜査本部はすぐに新宿署にたてられ、だいぶ揉《も》めはしたものの神奈川県警と警視庁の合同捜査と決定した。

県警はあくまでも事件を、速水社長誘拐と同一犯によるものだと主張したが、警視庁の粘《ねば》り勝ちとなった。

それでも主導権はこちらが握るという県警の主張を警視庁が受け入れ、それでようやく合同捜査本部が設置できたのだった。

「面子《メンツ》面子と、いい加減恥ずかしくならねえのかな」

高梨《たかなし》と二人、聞き込みへと向かう道すがら、納《おさめ》が愚痴を口にする。

「まあ、ええやないか。これで晴れて捜査に参加できるんやし」

そう納をいなした高梨の脳裏に、燃えるような目で自分を睨んでいた神奈川県警の海堂《かいどう》警部の顔が浮かんだ。

速水社長のところに聞き込みに行こうとしていた高梨に、海堂は「それはこちらでやる」とクレームをつけた。

「主導権は神奈川県警にある」

陣頭指揮を執るのは自分だ、と言われ、それなら、と高梨は事情聴取の先を社長の妻へと変更した。

速水社長の妻は由梨恵《ゆりえ》といい、今日はフラワーアレンジメントの教室に参加しているとのことだった。妻に関しては県警は興味を持っていないらしく、ご自由に、と許可が下りたのである。

「しかしミトモさんは相変わらず凄いわ。夫人の浮気相手、ああも短期間で調べ上げるんやもん」

高梨と納は今、銀座にあるフラワーアレンジメントの教室へと向かっている最中だった。ミトモの調べ上げた『相手』について、妻、由梨恵に確認を取るべく教室の終わる時間を見越して外で待ち伏せる作戦だった。

四丁目交差点近くにある、瀟洒《しょうしゃ》なビルの前で待つこと十五分、

「あれだな」

エントランスから数名の、綺麗に着飾った女性たちが出てくる。その先頭に立っている女性を納が目で示す。

「行こか」

高梨は彼に頷くと、足早に女性たちの集団へと駆け寄っていった。

「すみません、速水由梨恵さんですか？」

突然声をかけられ、それまで談笑していた女性たちがぴたりと話すのをやめ、笑顔で近づいてきた高梨と納を訝《いぶか》しそうな目で見やった。

「失礼しました。警察の者です」

高梨が手帳を見せ、続いて納もまた手帳をポケットから取り出す。

「……警察……？」

「………なんなの？」

ぼそぼそと内緒話を他の女性が始める中、由梨恵がキッと高梨を睨んだ。

「警察がなんの用です？　主人の秘書が殺された件でしたら、私に聞かれても答えられることはありませんわ」

失礼します、と由梨恵がツンと澄まし、他の女性たちに「行きましょう」と声をかける。

「すみません、奥さん、ちゃうんです」

高梨は慌てて由梨恵の前に立つと、彼女の目を覗《のぞ》き込むようにし、にっこりと笑いかけた。

「こないなところまで追いかけてきてすんません。ご主人が巻き込まれはった事件に関して、奥さんに少しだけ、お話を伺いたいんですわ。その辺でお茶でも飲みながら……どないやろ？　勿論《もちろん》、ご馳走しますんで」

フレンドリーでいながらにして腰低く話しかける高梨を、最初煩わしそうに見ていた由梨恵の表情が和《やわ》らいでいく。

変わったのは由梨恵の表情だけではなく、周囲の女性たちもまた一様に、端整な高梨の顔にぼうっと見惚《みと》れ始めた。

こういうときにイケメンは得だな、と内心溜《た》め息をついていた納の前で、先ほどの厳しさはどこへやら、声に媚《こ》びさえ滲《にじ》ませながら由梨恵が高梨に頷いてみせる。

「役に立つお話ができるかわからないけど、それでもよければ」

「ありがとうございます。そしたら行きましょうか」

高梨が嬉《うれ》しそうに笑い、由梨恵を伴い歩き始める。

「また来週」

由梨恵はフラワーアレンジメントの教室仲間に、優越感すら感じさせる笑顔で挨拶《あいさつ》すると、彼女もまた嬉しそうに高梨の横を歩き始めた。

「手帳、もう一度見せてくださる？」

「ええですよ」

納の前で由梨恵が積極的に高梨に話しかけている。

「高梨さんっておっしゃるの？　警視って、やだ、とっても偉いってこと？」

「そうでもないです」

「うそうそ。私、知ってるわ。ドラマで見たもの。警視ってとってても偉いんでしょう？」

由梨恵はべたべたと高梨にまとわりつき、高梨も笑顔で彼女に応えている。あのはしゃぎようは間もなく見られなくなるんだろうと思いながら納は高梨が彼女を伴い、大通りから少し離れた場所にあるあまり人気《ひとけ》のない喫茶店へと連れていく、そのあとに続いていった。

いかにも女性が好きそうな高級感溢れる喫茶店に入り、それぞれに飲み物を注文したあと、高梨は相変わらず優しげな笑顔のまま、由梨恵にずばりと斬《き》り込んだ。

「奥さん、今日お伺いしたいのは、奥さんと佐野さんのご関係なんですが」

「え？」

問いが唐突だったせいか、由梨恵は一瞬きょとんとした顔になったが、すぐに、

「……どういうこと？」

と怒りも露《あら》わに高梨と、横に座る納を睨んだ。

「殺されたご主人のお友達、佐野《さの》さんと奥さんは男女の仲やった……ちゃいますか？」

高梨が由梨恵に問いかける。彼の顔には最早、笑みはなかった。

「違うわよ……って言って、信じてもらえるの？」

由梨恵はすっかり不貞腐《ふてくさ》れていた。浮かれていた自分を恥ずかしく思い出しているのだろう、と、観察していた納の視線を感じたのか、じろ、ときつい目で睨んだかと思うと、むっとした顔のまま口を開いた。

「どうせ調べてるんでしょ？　そうよ。でも別に恋人ってわけじゃないわ。誘われたから何

回か寝ただけ。ただのセフレよ」

「ご主人のお友達、なんですよね？」

高梨がそう、口を挟む。

「仕方ないじゃないの。向こうから誘ってきたんだから」

何が『仕方ない』のか、その説明は一切せず、由梨恵はそう切れてみせたあと、

「でも」

と言葉を足した。

「二、三度寝ただけよ。なんかあの人、やたらとギラギラしてたから、めんどくさくなって会うのをやめたの。このひと月、会ってなかったわよ」

「ギラギラいうと？」

どういう意味だ、と問う高梨に由梨恵が、さも不愉快そうに肩を竦めてみせる。

「お金よ、お金。佐野さん、ウチの父に出資させて会社を興そうとしてたのよ」

「それで身体《からだ》の関係を迫ったと？」

「結婚しようって言われたわ」

由梨恵が、馬鹿じゃないの、と言わんばかりに吐き捨てる。

「結婚？」

「そう。主人の会社はもう将来性がない。あんな奴とはとっとと別れて自分と結婚したほう

がいい……そう言って、主人の会社が今、どれだけ危機的状況にあるのかを滔々《とうとう》と説明してたわ。そんなの、知ってるっていうのに」

「それで佐野さんへの気持ちが冷めた、と……？」

そういうことか、と確認を取った高梨に由梨恵が「まあね」と頷く。

「主人じゃなくて自分に金を出させようって魂胆がミエミエなんですもの。起業するのに自力でお金を集められないようじゃあ、主人の会社以上に将来性がないわ。それでもう、会うのはやめたってわけ」

「ご主人はそのことを……？」

知っていたのか、とそれが気になり納が問いかける。と、由梨恵は、さも呆れたように納を見たあと、

「私が言うわけないじゃないの」

ばっかじゃないの、と言い捨てた。

「言わんでも、気づいとる、いう可能性はありませんでしたか？」

高梨が由梨恵に身を乗り出し、問いかける。

「どうかしらね？　いつもは嫌みの一つも言ってくるんだけど、佐野さんについては何も言わなかったから、もしかしたら気づいてないのかも」

「いつも？」

ここで思わず納が、突っ込みを入れてしまった。いつも浮気をしているのか、と驚いたためなのだが、由梨恵は相当カチンときたらしく、

「なによ」

とまたもやきつい目で納を睨むと、怒濤《どとう》の勢いでまくし立て始めた。

「主人だって浮気してるのよ？　私がしちゃいけない理由はないじゃないの。そもそも主人が私と結婚したのも、佐野と同じでウチの父のお金目当てだったんだもの。愛されてないのに愛さなきゃならない法はないでしょ？」

「別に我々はあなたを責めとるわけやないですから」

ここで高梨が静かな口調で言葉を挟む。途端に由梨恵ははっとした顔になると、バツが悪そうに笑ってみせた。

「多少は後ろ暗いもんだから、熱くなっちゃったわ」

ごめんなさいね、と首を竦める由梨恵からは、彼女の言う『後ろ暗さ』は少しも感じられない、と高梨は思いはしたが、それを表情に出すことなく、

「いえ」

と微笑んでみせた。

「それにしてもまさか、佐野とのことがバレるとは思わなかったわ」

怒鳴って気がすんだのか、注文したアイスティーをストローでかき混ぜながら、由梨恵が

高梨にまた『秋波《しゅうは》』というのがぴったりの視線を送る。

「殺人事件の被害者ですから。身の回りのことはよう調べるんですよ」

愛想よく答えた高梨の言葉を聞き、由梨恵は不思議そうな顔になった。

「そりゃ佐野さんは被害者だったけど、今回は主人と間違われて誘拐されたせいで殺されたんでしょう？」

それでも調べるの？　と由梨恵は首を傾《かし》げたあと、

「あ」

と何か思い当たった顔になった。

「やだ、もしかして、私、佐野さん殺したと疑われているの？」

「え？」

思いもかけない彼女のリアクションに、高梨が目を見開いた。

「確かに佐野さんと関係はあったけど、恨《うら》んだり恨まれたりするような仲じゃないわよ？　二、三回……あー、もうちょっと回数いってたかもしれないけど、誘われて寝ただけだし、自然消滅狙《ねら》ってるところだったから、別れる別れないで揉めたってこともないわ！　そうだ、弁護士！　弁護士呼んでちょうだい！　弁護士が来るまで私、もう一言も喋《しゃべ》らないわよ！」

「落ち着いてください、奥さん。別に奥さんを容疑者扱いしているわけではありませんので」

店内に客は一組しかいなかったが、その客も、そして従業員も、物凄い剣幕の由梨恵に注目している。

騒ぎになるのはまずい、と高梨は彼女を宥《なだ》めるべく、穏やかな声を出しじっと瞳を覗き込んだ。

「いいから弁護士呼んで」

「呼ぶ必要はありませんよ。お話はもう、終わりです」

ふいとそっぽを向いた彼女に、高梨はにっこり笑うと、テーブルの上の伝票を手に立ち上がった。

「え？」

由梨恵が拍子抜けした顔になり、高梨と、同じく立ち上がった納を見上げる。

「ご協力、ありがとうございました」

視線が合うと高梨はまた、にっこり、と極上の笑みを向け、軽く会釈をしてその場を立ち去ろうとした。

「ちょ、ちょっと待ってよ」

由梨恵が慌てた様子で立ち上がり、高梨の腕を摑んで足を止めさせる。

「はい？」

なんでしょう、と微笑む高梨を、

「ちょっと座って」

と無理矢理もとの椅子《いす》に座らせると由梨恵は、身を乗り出し高梨の顔をまじまじと見つめてきた。

「どうしました？　奥さん」

「本当に私が疑われているわけじゃないのね？」

念押しをする彼女に高梨が「はい」と大きく頷く。

「それじゃ、主人を疑ってるの？」

声を潜め問いかけてきた彼女に対し、高梨はあくまでもポーカーフェイスを貫いた。

「そういうわけでもありません」

「あら、そうなの」

またも彼女が拍子抜け——というより、酷《ひど》くがっかりした顔になる。

「奥さん？」

「もし、主人が犯人だとしたら、それ、早めに教えてもらえないかしらって、その相談だったんだけど」

「はい？」

予想外——どころか、想像すらしていない言葉を告げられ、高梨は驚いたあまりつい素《す》っ頓狂《とんきょう》な声を上げてしまった。

「すんません」

慌てて詫びた高梨に由梨恵は、更に身を乗り出し、真面目《まじめ》な顔で問いかける。

「主人は犯人じゃないの？」

「……ご主人が犯人と思われる、何か根拠があるんですか？」

逆に問いかけた高梨は由梨恵の、

「ないわ」

の即答に、思わずずっこけそうになった。

「はい？」

「だからもし、犯人なら前広《まえびろ》に教えてってだけよ」

由梨恵が、なぜわからないのだ、というように口を尖《とが》らせる。

「殺人犯の妻になんかなりたくないからよ。それに父にだって迷惑かかるし」

「……そう……ですか」

さよか、と言いそうになったのを、高梨は気力でこらえると、

「心しておきますわ」

と由梨恵に微笑み、納と共に席を立ったのだった。

「なんだかすげえなあ」

覆面パトカーへと戻りながら、納が呆れ果てた口調で高梨に声をかけてきた。

「夫婦間の愛情なんてもんはないのかね」

「それは当人同士にしかわからんけど」

たとえば警察の動向を夫に知らせようとして、あのような演技をしたとか、と、自分でも無理があるとしか思えない説を唱えた高梨を、

「そりゃないだろ」

と一刀両断すると、納は、やれやれ、というように肩を竦めた。

「彼女にとっちゃ、夫は自分の『飾り』みたいなもんなんだな。青年実業家の妻、ＩＴ業界の覇者の妻、とは呼ばれたいが、殺人犯の妻は勘弁、ということなんだろ」

「まあ、そうやろね」

高梨もまた肩を竦めてみせたあと、

「しかし」

と今の聞き込みでわかりえた事実を納と確認し始めた。

「やはり由梨恵と佐野は男女の関係だった。が、関係はもう終わっとった」

「意外だったな。妻が自分と離婚し、佐野と結婚しようとしているのに気づいた速水がそれを阻止するために佐野を殺したんだとばかり思っていたが……」

ううむ、と唸《うな》る納に高梨が、

「その説は捨てんでええと思うけど」

と頷いてみせる。

「佐野は奥さんに相手にされてなかった。なら殺す必要ないじゃないか」

「奥さんが佐野を相手にしていなかった、いうことも、別れようとしてる、いうことも、速水は知らんかったのかも。彼が知っとったんは、奥さんが佐野と関係しているという事実と、それに佐野が奥さんから金を引き出そうとしている事実、そして――」

ここで高梨は一旦言葉を切ると、

「そして？」

と問いかけた納に向かい、ニッと笑ったあと口を開いた。

「自分の妻はただ、『青年実業家の妻』の肩書きが欲しいだけだと――その『青年実業家』は自分でなくても、たとえば佐野でもいいのだ、ということを知っていたんやろ」

「……今、奥さんの実家からの援助が断たれれば、速水の会社は即倒産だ、ということもわかっていた」

納もまた高梨に向かい、大きく頷いてみせる。

「動機の説明はつく。あとは証拠固めやね」

「ああ、佐野のそれに田中の殺害当夜の速水のアリバイ、それに共犯者の可能性――一つ一つ、当たっていくしかないな」

すぐにも捜査に当たりたい、その思いが高梨と納の足を速めていた。早歩きが小走りになり、やがて駆け足になっていることに二人は顔を見合わせ笑い合うと、覆面パトカー目指し更に歩調を速めたのだった。

二人が新宿署に戻ったそのタイミングで、神奈川県警と警視庁合同の捜査会議が開催されることになった。

司会を務めるのは県警の海堂で、五十名を超える出席者をぐるりと見渡すと、よく通る声で事件の概要と捜査状況をざっと説明した。

「本件、県警では佐野さん殺害事件と同一犯である見込みが強いという認識です」

一通りの説明を終えると海堂はそう言い、ホワイトボードを示してみせた。

「お手元の資料にもありますが、殺害方法がほぼ同一であることに加え、被害者である田中のアパートから、五百万の金が発見されています」

「なんだって⁉」

「聞いてないぞ」

警視庁と、そして新宿署の刑事たちの間でざわめきが起こる。

「知ってたか？」

高梨が隣に座る納にこそりと囁くと、

「知らん」

納は仏頂面のまま首を横に振ってみせた。

「一事が万事、こうなんだ。情報はすべて神奈川県警が握っていて、随分と経《た》ったあとにこうして開示される。そうも俺らを排斥したいのか、と聞きたいぜ」

ひそひそ話というには大きな声で告げた納を、神奈川県警の刑事たちが振り返り睨み付ける。と、そのとき前に立つ海堂の声が響き渡った。

「そこ、静粛に」

「すみません」

むっとした顔になりそっぽを向いた納に代わり、高梨が立ち上がり海堂に謝罪する。海堂は一瞬高梨を凝視したが、すぐにふっと目を逸《そ》らせると彼に声をかけることなく、捜査概要についての説明に戻った。

「五百万の出所については、今のところ特定できていないが、田中が速水社長誘拐の犯人に通じており、この金は社長誘拐に手を貸した謝礼ではないかと我々は見ている。一刻も早く誘拐の実行犯である中華系、若しくは韓国系のマフィアを特定すること。それでは各自、捜査に戻れ」

以上、と早々に海堂が話を打ち切ったと同時に、神奈川県警の刑事たちが皆、がたがたと音を立てて立ち上がる。

「……な……っ」

要は合同捜査会議をやる気がないということか、と高梨は察し、呆れた声を上げたのだが、すぐに我に返ると、

「ちょっと待ってください！」

と大きな声を上げ、県警の刑事たちの足を止めさせた。

「……なにか？」

早くも部屋を出かけていた海堂が、いかにも不快そうに振り返る。高梨は立ち上がり、彼へと近づいていくと、彼を、そしてその背後にいた県警の刑事たちをぐるりと見渡し口を開いた。

「『捜査会議』を始めましょう。まさか今ので終わり、いうわけではないでしょう？」

「終わりだ。捜査方針は決まっている」

笑顔で話しかける高梨に、海堂は厳しい表情のまま一言そう答えると、高梨にかまわず部屋を出ようとした。

「待ってください」

高梨が前に回り込み、ドアを背にして海堂の行く手を阻む。

「邪魔だ」

海堂が邪険に言い放ち、強引に高梨を押しのけようとする。高梨は足を踏ん張りそれに耐えると、話を聞いてもらうには、と咄嗟《とっさ》に考えを巡らせ口を開いた。

「待ってください。県警の捜査方針にケチをつけるつもりはありません！　が、今のままでは犯人は逮捕できへん！」

「なんだと？」

聞き捨てならない、と海堂が高梨に鬼のような顔を向ける。

「どういうことだ」

「ケチをつけてるってことだろう」

他の県警の刑事たちも皆、怒りを露わにし、高梨を取り囲んだ。

「け、警視……っ」

「おい、高梨！」

その場にいた竹中《たけなか》が、そして納が慌てて高梨へと駆け寄っていく。高梨はそんな二人に、大丈夫だ、と頷いてみせたあと、視線を海堂へと移し、じっとその目を見つめながら話し始めた。

「まずは我々の捜査内容を聞いてください。その上で判断してくれればええ。捜査情報を交換するための捜査会議やないんですか」

「……情報の交換……だと？」

海堂が眉を顰《ひそ》め、信じがたい、というように問い返す。

「そうです」

「県警から情報を引き出す気か？」

頷いた高梨に海堂が厳しい声を上げる。それを聞き高梨はその声以上の大声を上げた。

「そないなつもりはありません！」

「わかるものか！」

海堂もまた、大声を張り上げ高梨を睨み付ける。高梨はそんな彼に対し、思わず怒声を張り上げてしまった。

「ええ加減にしてください！　なんで我々が県警の情報を引き出さなならんのです！　我々が県警を出し抜いて犯人を逮捕するつもりだとでも言うんですか！」

「…………」

海堂は無言で高梨を睨んでいたが、彼の目は『違うとでも言うのか』というその心情を物語っていた。

もう、いい加減にしろ、という思いが高梨の口をついて出る。

「県警が逮捕をしたい、言うんなら、すればええやないか！」

「なんだと⁉」

高梨の怒声が響き渡った次の瞬間、海堂がカッと目を見開き、高梨の胸倉を摑んだ。

「貴様！　馬鹿にしてるのかっ」

「警部！」

慌てた様子で県警の刑事が海堂を抑えようとする。が、高梨はその刑事に、大丈夫だ、というように頷くと、海堂の手首をがしっと摑み己の服から外させた。

「離せ！」

海堂が高梨の手を振り払い、凶悪な目で睨み付けてくる。

「県警が逮捕すればええ、いうんは僕の本心です」

静かな高梨の声音が室内に響く。

またも海堂がいきり立ち、怒声を張り上げようとするより前に、高梨は凜とした声を張り上げた。

「大切なのは、神奈川県警と警視庁のどちらが逮捕するか、いうことやない。殺人犯を一日も早う逮捕することやないですか」

「……っ」

高梨の言葉は正論だった。が、海堂をはじめ県警の刑事たちが口を閉ざしたのは、言葉の正義に加え、高梨の真摯《しんし》な表情とその口調ゆえだった。

「今も佐野さんと田中さんを殺した犯人は、大手を振って街を歩いとるんです。人を殺しとるのにですよ？　僕にはそれが許せへん。一刻も早く犯人に手錠をかけたい。手錠をかける

のは我々警視庁でも、神奈川県警でも、どっちでもええ。そう思っています」

高梨はそう言うと、黙り込む海堂らをぐるりと見渡し、すぐに口を開いた。

「我々の捜査状況を説明しますので、席に戻ってもらえませんか」

「…………」

「…………」

県警の刑事たちがそれぞれに顔を見合わせたあと、海堂へと視線を注ぐ。その海堂は、目線を床へと落としたまま微動だにしていなかった。

海堂が戻らぬものを、自分たちが席につくわけにはいかない、と県警の刑事たちもまた立ち尽くす。

時間がもったいない、と高梨は小さく溜め息をつくと、

「それならここで話しますわ」

と前置きをし、実際に話し始めた。

「我々は速水社長の妻、由梨恵と、最初の被害者である佐野の間に男女関係があることを突き止め、今日、由梨恵本人に裏をとりました」

「な、なんですって!?」

県警の刑事の一人が、驚いたあまり大きな声を上げる。が、次の瞬間、彼ははっとしたように海堂を見やり、慌てて口を閉ざした。

「由梨恵は関係を認めました。佐野は由梨恵に速水と離婚をし、自分と結婚してくれと口説いてきたそうです。由梨恵曰《いわ》く、佐野は起業を狙っており、その資金を由梨恵の父親に出させようとしていたということでした」

「二人が愛人関係にあったとは……」

「おい、誰か二人の関係を調べた者はいないのか」

県警の刑事たちがまたざわつく中、海堂は俯《うつむ》いたまま喋る気配がなかった。そんな彼をちらと見やったあと高梨は、今や自分の話に耳を傾けてくれていることがはっきりとわかる県警の刑事たちに向かい口を開いた。

「佐野と由梨恵が愛人関係にあり、佐野が由梨恵と速水を別れさせようとしていたとなると、今回の事件に新たな一面が見えてくる……そない思いませんか？」

「……え……」

「それは……」

刑事たちがそれぞれに顔を見合わせる。高梨はすぐ、彼らに答えを与えた。

「新たな一面いうんは、佐野が殺されたんは速水と間違えられて誘拐されたからやない。あれは最初から佐野を殺す目的で仕組まれたものやった――いうことです」

「そんな……っ」

「しかしっ」

県警の刑事たちが口々に異議を唱えようとするのを高梨は、

「これが正解、いうつもりはありません。そういう可能性もある、いう話です」

と、大声を張り上げ制した。刑事たちがようやく沈黙すると高梨はまた、話を再開した。

「ですがたとえ数パーセントでも可能性がある場合、捜査せななりません。我々は本件が佐野本人を狙ったものやという視点から、斬り込んでいこう、思うてます」

今や室内はしんとしていた。皆が皆、高梨をどこか呆然とした顔で見つめている。

「席に戻ってはもらえませんか。みなさんは速水社長に恨みを抱く者について、また、外国人マフィアについて捜査を進められている。我々は逆に業界内での速水社長についての情報を集めている。それに加えて今、妻の由利恵から聞き込んだ詳細をお話しします。互いの情報をすりあわせることで視野を広く持ち、捜査に当たりましょう」

高梨の呼びかけに、県警の刑事たちは皆、顔を見合わせたあとまた海堂を見やった。が、海堂が動く気配はない。

やはり海堂を説得せねば駄目か、と高梨は思い、海堂へと視線を向けたのだが、そのとき神奈川県警の刑事の中で最も若いと思われる細面の刑事が一人、もといた席へと戻っていった。

「木村《きむら》！」

年輩の刑事が慌てて彼を追い、腕を摑んで立ち上がらせようとする。

「もう、やめましょうよ！」

が、木村という名らしい若い刑事は年輩の刑事の手を振り払うと、周囲を見渡し大声で叫んだ。

「木村！　お前、何を……っ」

年輩の刑事がぎょっとしたように目を見開く。木村刑事はそんな彼を、そして二人の様子を見つめている自分の同僚を一瞥《いちべつ》すると、はあ、と息を吐き出し、口を開いた。

「もう、いいじゃないですか。警視庁の高梨さんは、警視庁サイドの情報を少しも隠さず我々に提供してくれている。それに比べて我々は——県警は、所轄である新宿署までも排斥して、自分勝手に捜査を進めている。なんだか僕、恥ずかしくなりましたよ」

「何を言い出すんだ！」

「恥ずかしいとはなんだ、恥ずかしいとはっ」

他の刑事たちが大声で騒ぐのに、木村は一段と声を張り上げ彼らを制した。

「みなさんだって疑問を覚えていたはずです。本当に今回の事件は外国人マフィアの手によるものなんだろうかって！　そんな団体の影なんて、少しも見えてこないじゃないですか！　逆に速水社長が今や誘拐したところで身代金なんてそうとれるわけがないということがわかったり、速水社長や会社に恨みを持つ人間は全員アリバイが成立していたり、そういったことばかりが明らかになっている。我々の初動捜査が果たして正しかったのか、皆、心の中では疑問に思っている……そうでしょう？」

「やめろ、木村！」

「滅多《めった》なことを言うな！」

刑事たちは青ざめ口々にそう木村を詰ったが、誰からも『そんなことはない』という発言がなされることはなかった。

それが答えだろう、と高梨は海堂へと一歩近づき、俯いていた彼の顔を覗き込む。

「議長のあなたが戻らないと、会議は始まりません。戻ってはいただけませんでしょうか」

「…………」

高梨が口を閉じたと同時に海堂は顔を上げ、高梨を真っ直ぐに見つめてきた。高梨もまた、海堂を真っ直ぐに見つめ返す。

「……それは命令か？」

海堂の口がようやく開き、掠れた声が外へと漏れた。

「いえ、お願いです」

高梨が即答する。

「警視として命令をするというのなら聞こう」

海堂もまたすぐさまそう答え、燃えるような目で高梨を睨んだ。

「……神奈川県警と警視庁、そもそも所属が違いますから、命令などできませんが」

一瞬だけ考えたあと、高梨は言葉を選びながらそう告げ、海堂の反応を窺《うかが》うためにまた、少し黙った。

海堂は相変わらず無言で高梨を睨んでいる。反発されるかもしれないが、そのときはそのときだ、と高梨は腹を括《くく》り口を開いた。

「命令であれば従ってくださる、いうんやったら『命令』ととってくださっても結構です」

「わかった」

高梨の予想に反し、海堂はここで大きく頷くと、県警の刑事たちに向かい口を開いた。

「高梨警視の命令だ。皆、席に戻れ」

「は、はい……」

「わかりました」

刑事たちは口々に了解の意を伝えてきたが、彼らの顔はどこかほっとしているように見えた。

「僕らも戻ろう」

やれやれ、と内心溜め息をつきつつ、高梨が納と竹中に声をかける。

「おう」

「はい」

納と竹中がそれぞれに返事をし、もといた席に戻る。高梨もまた納の横に座ろうとしたが、そのとき海堂の不機嫌さを隠さない声が響いた。

「司会は高梨警視がお願いします」

高梨が視線をやると、海堂は前の司会席にはおらず、一番前の列に座り腕を組んでいた。

「……また……」

あいつは、と納が憤るのを、いいから、と目で制し、高梨が海堂に笑顔で頷く。

「わかりました。そしたら始めましょう」

そうして颯爽《さっそう》と司会席へと向かうと刑事たちをぐるりと見渡し口を開いた。

「それでは合同捜査会議を始めましょう。まずは納刑事、今までの捜査概要を説明してもらえますか」

「わかりました」

納が立ち上がり、よどみなく捜査状況を説明し始める。何も隠すことなく、つぶさに報告する納の発言が進むにつれ、神奈川県警の刑事たちの瞳が輝いてくるのを高梨は司会席から見つめていた。

もう大丈夫だ——神奈川県警と共に協力し合い、これから捜査にあたることができる、という確信が高梨の胸に生まれる。

懸案は自分に対し、敵愾心《てきがいしん》といってもいいほどの強い感情を抱いているらしき海堂だけだ、と海堂をちらと見やった高梨の目に、目を閉じ、腕を組んだまま微動だにしない海堂の姿が映った。

なぜ彼はああも自分に対し、棘《とげ》のある物言いをするのか。彼の頑《かたく》なな態度や心は、一体何に根ざしたものなのか。

面識はないと思うのだが、と高梨は考えかけたが、今はそれより事件のことだ、と思考を切り替え、今後いかにして神奈川県警と共に捜査を進めていくかという新しい捜査方針を頭の中で組み立て始めた。

7

翌日、高梨は海堂と共に、速水社長への事情聴取のため、彼の会社へと向かっていた。

高梨は当初、社長への聞き込みはいつものように納と共に向かうつもりでいたが、海堂の頑なな態度を解《ほぐ》すには自ら歩み寄る必要があろうと判断し、それで同行者には納ではなく彼を指名したのだった。

海堂はいかにも不本意そうに、再び、

「それは命令ですか」

と問うてきた。

「命令ではないと従ってもらえないのでしたら命令で」

高梨もまた同じように答えると、淡々と「わかりました」と答えたが、さすがに人目を気にしたのか不貞腐れてこそいなかったものの、気概はまるで感じられなかった。

朝の九時に速水の会社が入っている六本木ヒルズで待ち合わせたのだが、海堂は、待ち合わせ時間の十分前に到着した高梨より前に来ていた。

「すんません」

慌てて駆け寄る高梨を一瞥したが、海堂は一言も口をきかず、ふいとそっぽを向くとそのまま速水の社の受付へと向かっていった。

「………」

相変わらず歩み寄る気配なしか、と内心溜め息をつきつつ、高梨が海堂のあとに続く。受付嬢は海堂の顔を覚えていたらしく、彼を見た途端ぱっと笑顔になった。

「おはようございます。あら、お約束でしたか？」

「いえ、アポイントメントはないのですが、社長にお目にかかりたいのです」

「かしこまりました。少々お待ちくださいませ」

高梨に対するのとは百八十度違う愛想のよさを発揮し、海堂が受付嬢に微笑みかけると、受付嬢は少しも躊躇《ちゅうちょ》することなく、受話器を取り上げおそらく社長室にかけはじめた。

「神奈川県警の海堂警部です。お約束はないとのことですが」

相手は秘書らしく、少し待たされはしたが無事に許可は得たようだった。

「少々お待ちくださいませ」

電話を切ったあと、受付嬢がにっこりと海堂に微笑みかける。

「ありがとう」

海堂もまた、にっこりと微笑み返したところに、受付の背後の自動ドアが開き制服姿の綺麗な女性が現れた。

「どうも」

彼女にも海堂は愛想よく微笑み、どうやら社長秘書と思しき彼女もまたにこにこしながら海堂と高梨のところに歩み寄ってくると、

「どうぞ、社長がお待ちです」

と先に立って歩き始めた。

「社長のご予定は？」

社長室は奥まったところにあり、廊下を進む間に海堂が彼女に問いかける。

「十時に来客がありますが、それまでは空いています」

どうぞごゆっくり、と秘書は海堂に会釈をしたあと、高梨をちらと見た。

「こちら、警視庁の高梨警視です」

海堂が高梨を彼女に紹介する。

「はじめまして、高梨です」

高梨が笑顔で頭を下げると、秘書は一瞬高梨の顔にぼうっと見惚《みと》れたあと、すぐ、はっと我に返った様子になると、

「失礼いたしました。速水の秘書をしております谷田部《やたべ》と申します」

そう丁寧にお辞儀をし、背にしていたドアをノックした。

「失礼いたします」

返事を待たずにドアを開き、高梨と海堂を中へと導く。

「海堂警部、早朝からお疲れ様です」

ドアの向こうでは、速水社長が早くも待機しており、海堂に笑顔を向けてきた。

「お忙しいところすみません」

一方海堂は腰低く社長に対応している。その理由は続く社長の、笑顔でいながら居丈高な態度からすぐに高梨の知るところになった。

「どうです？　捜査は進んでいますか？　私を誘拐しようとした犯人は見つかりました？」

どこまでも自分は被害者であり、使えない警察が犯人を逮捕できずにいるのを寛容に許している――そういうスタンスか、と納得した高梨の横で、海堂が更に深く頭を下げた。

「申し訳ありません。まだ特定には至っておりませんで……」

「……そうですか。こんな早朝にいらっしゃったのは、てっきり犯人逮捕のご報告かと思ったのですが、違ったのですね」

残念です、と、嫌みを隠そうともせず速水は肩を竦め、やれやれ、といったふうに溜め息を漏らすと、口調を真摯なものに改め海堂に詰め寄った。

「殺された佐野も浮かばれません。口封じで殺された田中もです。田中は自業自得な部分もありますが、佐野はとばっちりだ。人間違いされた上に殺されただなんて哀れすぎます。海堂さんもそう思うでしょう？」

「はい、それは……」

海堂が苦渋に満ちた顔で俯き言葉を途切れさせる。

「あれから何日経ったと思っているんですか。その間に田中も殺されてしまった。一体警察は何をしているんです？」

次第に語気が荒くなってきた速水の言葉を遮ったのは、海堂ではなく高梨だった。

「その田中さん殺害の捜査のために、本日お邪魔したんですわ」

明るく声をかけた高梨に、速水がむっとした顔を向ける。

「あなたは誰です」

「こちらは警視庁の……」

海堂が紹介の労を執《と》ろうとするのを高梨は笑顔で制すると、ポケットから手帳を出し速水に示してみせた。

「警視庁捜査一課の高梨です。先ほども申し上げましたが、あなたの秘書の田中さんが殺害された件で、お話をお伺いしたいのですが」

「……田中を殺したのは私を誘拐しようとした外国人マフィアでしょう？　私からは何も話すことはありませんよ」

速水がぶすっとしたまま答え、ふいとそっぽを向く。

「田中さんがマフィアと通じていたと思われる根拠など、ありますか？」

かまわず高梨は問いかけたが、速水は彼を見ようともせず一言、

「そういったことはすべて、海堂さんに話してますので」

と言い、ちらと海堂を見やった。

「ギャンブル好きで金銭的に逼迫《ひっぱく》しており、借金の申し入れもあったという話だ」

海堂が高梨を睨むようにして、低い声で短く答える。

「なるほど、金に困っていたところを誘拐犯に抱き込まれた――いうわけですか」

「そうです」

即答した速水の声にかぶせるようにして高梨がまた口を開く。

「しかし、そうとは断定できへんとちゃいますか？」

「なんですって？」

高梨の言葉に速水が激高した声を上げる。が、高梨はかまわず話し続けた。

「同様に、佐野さん殺害についても、あなたと間違えられて誘拐された結果殺されたと断定はできません」

「はあ？」

速水がここで素っ頓狂な声を上げる。それは驚いたから、というよりは憤ったためだったようで、すぐに物凄《ものすご》い勢いで高梨を罵り始めた。

「あのね、今更何を言い出すんです？　誰がどう見ても佐野は巻き添えを食ったんでしょう。

僕を誘拐したと犯人から連絡があったのを、あなた、まさか知らないんですか？　ちょっと、一体どうなっているんです？」

速水が憤るままに海堂を怒鳴りつける。だが海堂が口を開くより前に、高梨が凛とした声を張り上げていた。

「勿論知っています。ですがその『誘拐犯』が特定できない今、他の可能性も考えるべきだという捜査方針となったのです」

「他の可能性ってなんです？　佐野が僕に間違えられ、誘拐されたのは事実です。その上で彼が、誘拐犯以外の誰かに殺されたとでもいうんですか？　あり得ないでしょう？」

高梨の声をかき消すような大声を社長が上げる。

「社長？」

声があまりに高かったせいだろう、ドアが開き、何事が起こっているのかと訝った秘書が顔を出したのを、

「ここはいいから！」

と速水は怒鳴りつけると、慌てて彼女がドアを閉めるのを待たずに怒鳴り散らし始めた。

「僕は散々、海堂警部には協力してきました！　誘拐犯を特定できないのは警察が無能だからでしょう！」

「落ち着いてください、速水さん。我々のいう『可能性』というのは、今回の事件が最初か

ら佐野さん殺害を目的に仕組まれたのかもしれない、という可能性です」

「はい？？」

冷静に語る高梨の言葉に、速水はまたも素っ頓狂なほどの大声を上げると、

「話にならない！　私は忙しいんだ。さあ、帰ってくれ！」

更に凄い剣幕でそう言い捨て、ドアを真っ直ぐに指さした。

「そう仰《おっしゃ》らず、もう少し話を聞いてください」

高梨は少しも臆《おく》することなく、そればかりか笑顔になって速水社長に語りかける。

「帰れと言っているんだ！　捜査に進捗《しんちょく》があったのかと思えば、くだらない話をごちゃごちゃと……私は忙しいんだ！」

だが速水は聞く耳持たず、高梨に背を向けると自分のデスクへと向かっていった。その背に高梨が不意打ちを狙い声をかける。

「ときに速水さん、あなた、奥さんと佐野さんの関係をご存じでしたね？」

「……っ」

その瞬間、速水社長の身体は傍目《はため》にもわかるほど、はっきりと大きく震えた。

「なんだと？」

振り返った彼の顔は蒼白《そうはく》だったが、みるみるうちにその顔に血の気が上り真っ赤になっていった。

「何を馬鹿なことを！　帰れ！　さあ！　すぐに！」

高梨を怒鳴りつけたかと思うと、視線を海堂へと向け、更に大きな声を出す。

「海堂さん！　これは一体どういうことです！　あなた、なんだってこんな男を連れてきたんです！　もう二度とご免です！　あなたも！　あなたももう二度とここへは……勿論家にも来ないでください！　いいですね!!」

喚き立てる速水に対し、高梨は笑顔で、

「そしたら失礼いたします」

と目礼し、先に立って部屋を出た。高梨のあとに海堂も続く。

「まったくもって信じられない！　不愉快だ！　義父《ちち》に報告するからな!!」

速水の罵声を背に高梨は部屋を出ると、ドアの前でおろおろとしていた美人秘書に、

「失礼いたします」

と笑顔を向け、そのまますたすたと速水の社を出ていった。

受付の前を通り抜け、エレベーターへと向かう。すぐにきた箱に乗り込むと高梨は中が無人であったこともあり、海堂にニッと笑いかけ口を開いた。

「心証としてはどうです？　僕はクロやないかと思うたんですが」

海堂は高梨を暫《しば》し見つめたあと、やがて小さく息を吐くと一言、

「……ですね」

と呟くような声で告げた。

「…………」

自分に対し、頑なな態度をとりつづけたことから高梨は、海堂が意地を張る可能性もあるのではと覚悟していた。そうなった場合どうやって説得するかを考えてもいたのだが、杞憂に終わったようだ、と高梨は海堂に気づかれぬよう安堵《あんど》の息を吐いた。

ヒルズを出て覆面パトカーの運転席に乗り込むと、高梨は今後の捜査方針を相談すべく助手席の海堂を見やった。

「速水は怪しいですが、ただ『怪しい』いうだけでは引っ張れません。物証、若しくは目撃証言が欲しいですな。佐野、および田中の死亡推定時刻、彼のアリバイをもう一度洗い直す、いうのはどうでしょう」

「…………」

高梨の提案に海堂は一瞬口を開きかけたが、結局何も言わず高梨を見返した。

「速水が直接手を下したのではなく、誰かを雇ったという可能性のほうが高いかもしれません。現に佐野を誘拐した際、速水の妻宛に電話をかけてきた『片言の日本語』を喋る人物は存在しています。そのとき速水は在宅しており、妻の傍《そば》にいたことから電話をかけることはできなかった。速水の交友関係やここ数ヶ月の行動について洗い直す必要がありそうですね」

「………」

高梨は海堂に意見を求めたつもりだったのだが、海堂はやはり黙り込み、高梨の顔を見返している。

「あの？」

まさに『穴のあくほど』見つめられ、高梨が戸惑いの声を上げる。

「……速水の義父は——彼の妻の父親は県警の本部長と昵懇《じっこん》なのです」

「……ああ、なるほど……」

そのような後ろ盾があるから、海堂に対する速水の態度はああも大きかったのか、と納得する高梨の耳に、部屋を出る直前に聞いた速水の言葉が蘇《よみがえ》る。

『義父に報告するからな!!』

あれは捜査に圧力をかけるという意味だろうと察すると同時に、これまでもこうして圧力がかかっていたのかと高梨は今更ながら察した。

「………あなたは私を軽蔑《けいべつ》しますか」

そのとき不意に海堂が予想もつかない言葉を口にしたものだから、いつしか一人の思考の世界に入り込んでいた高梨は瞬時にして我に返り、

「え？」

と海堂の顔を見返した。

「本部長が描いたとおりの着地点に到達せねばならない――勿論、冤罪《えんざい》を生むようなことになるようなら反発もするが、縦社会の警察では本部長の意向に背くことはできなかった。そんな私を軽蔑するかと聞いているんだ」

ここまで言うと海堂はすっと目を逸らし、膝《ひざ》に置かれた自分の手を見やった。高梨は少し考えたあと、

「いいえ」

と短く答え、エンジンをかけた。

「あなたはいい」

エンジン音の合間に低く呟く海堂の声がする。

「え？」

反射的に問い返した高梨の目線の先で、海堂が自分のほうを向き口を開いた。

「キャリアのあなたに、命令できる人間はそういない。だからこそ好きなことができるんだ」

「…………好きなこと、ですか」

好き嫌いではなく、正義を貫くためにするべきことをしているのだが、そんなことは言わずとも海堂は理解しているに違いない。

彼としても、上司である本部長の命令には疑問を覚えていたのだろう。だがそれを遂行す

るしかなかった。やりきれない気持ちを自分にぶつけているだけだと判断した高梨は、どうすれば海堂の気持ちを受け止められるかを考え、口を開いた。

「確かに好きなようにやらせてもらっています。ほんまに僕は、上司に恵まれとると思いますわ」

「………………」

高梨を見る海堂の眉間《みけん》に縦皺《たてじわ》が寄る。

「金岡《かなおか》捜査一課長ですわ。上層部からやんややんや言われとるときにも、がっつり僕ら捜査員の盾になってくれはってます。課長がおるから僕は海堂さんの仰るように好きなようにやらせてもらえてるんやと思います」

「上司の差だと言うんですか」

海堂の目が、そして語調が厳しくなる。

「はい」

「それだけじゃない」

海堂はそう言うとやにわに身を乗り出し、高梨を問い詰め始めた。

「あなたには上昇志向がないんですか。偉くなりたいとは思わないのですか。私はなりたい。だから首を傾げながらも上司の意向に従うんです。あなたはキャリアだ。キャリアならもう現場を離れ警察の中枢にいかれるはずです。なのになぜ……っ」

「それは現場が好きだからです」

激高している海堂に高梨は静かにそう答えると、言葉を失った海堂をじっと見つめながらゆっくりと話をしていった。

「自分の正義を貫くために、力をつけなならんという意味でなら、僕も偉くなりたいとは思います。でも今は幸い、好きなようにやらせてもらえてますからな」

行きましょう、と高梨は笑顔で会話を打ち切ると、サイドブレーキを解除し車を出した。

「…………なんのために偉くなるか……か」

助手席の海堂がぽつりと呟く。高梨がちらと横目で見やった彼の顔はどこか呆然としていた。

海堂が今まで自分を敵対視していた理由がなんとなくわかった気がしたが、今後、彼の感情に変化はあるのだろうか。事件の早期解決のためには友好的な関係を築きたいのだがと思いながら高梨は、助手席の海堂を気にしつつも今後の捜査方針について考え始めた。

高梨と海堂が新宿署に戻ったタイミングで合同捜査会議が開催され、今後は速水社長の交友関係と二つの事件当日の彼の足取りを追うという方向で捜査方針は決まった。

高梨は納と共に、速水が雇った可能性が高い『実行犯』を探すべく、新宿界隈《かいわい》で暴力団関係者への聞き込みを行ったあと、夜九時過ぎに官舎へと戻った。

玄関のポーチに明かりがついていたので、田宮はもう戻っていると判断し、ドアチャイムを鳴らす。

『はい』

インターホン越しに田宮の声がしたのに高梨が「ただいまあ」と声をかけると、すぐにドアが開き田宮が迎えてくれた。

「おかえり」

「ただいま」

ここでいつもの挨拶のキス――となるはずが、田宮がなぜか高梨の胸を押しやりキスを避ける。

「ごろちゃん？」

どないしたん、と目を見開いた高梨は、田宮の背後に立つ男の姿に気づき、驚きからその名を呼んだ。

「富岡君やないですか。どないして上がり込んだんです？」

「……すみません、お邪魔しています……」

嫌み全開の高梨に対し、いつもであれば対抗心を剝き出しにしてくる富岡が弱々しく頭を下げる。

「……どないしたん？」

思いもかけないリアクションを訝り、高梨が田宮に問いかける。

「あー……」

田宮は言葉を探すようにしていたが、すぐ、

「それより、メシは？」

と聞いてきた。

「食べてへん」

「そしたらすぐ作るから。先に風呂にするか？」

「ああ、せやね……」

話を逸らしているのがミエミエの田宮に、高梨は、どうした、と彼を見る。と、田宮の背後にいた富岡が、代わりに、とばかりに口を開いた。

「田宮さん、いいですよ。話しても」

はあ、と溜め息をつく富岡は酷く疲れているように見える。

「あー……うん」

田宮はそんな彼に心配そうな視線を向けたあと、何が何やらわからないと首を傾げる高梨へと視線を戻し、

「とにかく、部屋に」

とリビングへと導いた。

リビングのテーブルの上には、富岡と田宮が二人して飲んでいたと思しき缶ビールと、つまみが数品並んでいた。

「僕もこれでええよ」

ビール、くれるか？　と高梨が田宮に声をかける。

「わかった」

返事をした田宮がキッチンへと向かう、その背に富岡が声をかけた。

「それじゃ、僕は帰ります。そろそろ大丈夫だろうと思うので」

「そうか？」

田宮は心配そうに富岡を見たが、富岡はそんな彼に弱々しく微笑むと、視線を高梨へと移しぺこりと頭を下げた。

「お邪魔しました。それじゃ」

「……どうも……？」

拍子抜け、とばかりに高梨が頭を下げる。富岡は最後まで普段の勢いを見せず、田宮に玄関まで見送られ、高梨宅を出ていった。

「どないしたん？」

戻ってきた田宮に高梨が問いかけると、田宮は「うん……」と少し言いよどんだあと、とりあえず、と高梨のためにビールに小皿、そして箸《はし》を用意し、二人向かい合わせに座ってから話し始めた。

「実は富岡、凄い強烈な相手に好かれちゃって……」

「……え？」

予想外な発言だったため、戸惑いの声を上げた高梨に、田宮は事情の説明を続けた。

「富岡の押しの強さや図々《ずうずう》しさもかなりのものだと思うんだけど、相手はその上をいってて、今日も富岡と一緒に帰るって聞かなかったんだ。で、困り果てた富岡が俺と約束あるって嘘《うそ》ついて、今まで今後のことについて相談してたんだけど……」

「今後？」

相談に『乗る』ではなく『していた』というところが引っかかり、問いかけた高梨に、

「うん、相手、同僚――っていうか、アメリカの現地法人からの業務留学生なんだ」

と田宮が答える。

「俺が世話係を任されてるんだけど、業務に支障が出てるんで」

「富岡君を好きな相手って、外国人なんか」

海外からの留学生というとそうなのだろう、と問う高梨に、

「うん。金髪碧眼《へきがん》」

と田宮が頷く。

「美人さん？」

「うん、まあ……」

曖昧《あいまい》に頷いた田宮に高梨がニッと笑う。

「富岡君も贅沢《ぜいたく》やな」

「あー、うん、でもまあ、わからなくもないというか……」

田宮は少し言いよどんだが、すぐ、

「相手、男だから」

と高梨に明かした。

「へえ」

男か、と高梨が目を見開く。

「しかも大富豪の御曹司《おんぞうし》で、富岡に会うためにウチの会社の現地法人に入社して、もともとなかった留学生制度を作ったんだよ」

「そら凄いな」

積極的やね、と高梨が感心した声を上げる。

「富岡がフェイスブックに載せていた写真を見て一目惚《ひとめぼ》れしたんだって」

「フェイスブックか。あれ、実名登録やったっけ」

「卒業校や勤務先も富岡は載せてて、それでアランは――ああ、その留学生の名前だけど、彼はウチの会社にきたらしい」

「へえ。情熱的やねえ」

ひとしきり感心したあと高梨は、

「でも」

と田宮に笑いかけた。

「あんなに参ってる富岡君、初めて見たわ。そんなにアラン、いう彼のアプローチが強烈なんか？」

「凄いよ。朝から晩まで富岡にべったりで、隙《すき》あらば押し倒そうとしてくるって」

「押し倒す！」

そっちか、と意外さから高梨が大きな声を上げる。

「富岡、冗談でもなんでもなく、一人じゃ怖くてトイレにも行かれないんだよ」

「なんや、バチが当たったんちゃう？　富岡君もごろちゃんにつきまとっとったから」

「さすがにトイレで個室に押し込まれたことはないよ」

にやにや笑う高梨に、田宮が口を尖らせる。

「笑い事じゃなくて、大変なんだよ。本当に仕事にならなくて」

「アメリカに返せばええんちゃうの？」

「それが簡単にいかなくてさ」

アランの父親が実力者ゆえ、会社は息子である彼をそうそう邪険にできないのだ、と田宮が肩を竦める。

「これが個人的な問題だったら、俺も口出しはしないんだけど、実際業務に支障が出ちゃってるんで、それで二人で解決策を考えていたんだ」

「富岡君がアランをふればええんちゃうの？」

父親が実力者ゆえ、まさか『ふるな』と上司から言い渡されているというわけでもあるまい、と高梨が告げる。

「ふってふってふりまくったそうなんだけど、聞く耳持たないって」

「なんや、まるで富岡君みたいなタイプやね」

へこたれなさがお揃いだ、と高梨は笑うと、

「似た性格やったら、案外うまくいくんちゃう？」

とふざけてみせた。

「実は俺もそう思った」

田宮もまた高梨に笑い返したあと、いけない、というように表情を引き締める。

「富岡も同じこと、思ったんだってさ。俺、謝られちゃったよ」

「なんて？」

問いかけた高梨に田宮がまた、肩を竦める。

「今までしつこくしてすみませんでしたって。田宮さん、本気で嫌がってたんですね、今わかりましたって」

「……今頃わかったんかい」

やれやれ、と高梨が溜め息をつき、田宮を見る。田宮も、同じく肩を竦めてみせたあとに、

「頭が痛いよ」

と首を横に振った。

「富岡君がアランの思いを受け入れれば、万事丸く収まるんやない？」

個人的にはいい展開だ、と高梨が身を乗り出す。

「大富豪の御曹司やったら、富岡君も玉の輿《こし》やし」

「まあね」

田宮は苦笑したが、どこか不満そうである。

「富岡君が困っとるのが心配？」

胸に宿った嫉妬《しっと》をすぐに口にした高梨に対し、田宮は「違うよ」と即座に首を横に振った。

「アランには俺も迷惑かけられっぱなしだからさ。ちょっと応援する気になれないっていうか」

「迷惑て？」

どんな、と尋ねる高梨に田宮は、アランが富岡の気を引くためにまず自分に対する激しいアプローチをしかけたことを話し、おかげで今ではすっかりアラン、富岡、自分の『三角関係』の噂が社内を駆け巡っているという状況を説明した。

「アランはやり方が姑息《こそく》なんだよ。しかも周囲に迷惑かけるし」

「なるほどな」

富岡にアプローチをしているところが気に入らないのでは、と多少案じていた高梨の嫉妬心は田宮の話を聞き、収まっていた。

「……ってごめん。それよりすぐメシ作るから」

田宮がはっとした顔になり、ビールをテーブルに置いて立ち上がる。

「これでええよ」

ビールとつまみで大丈夫だ、と高梨が言っても、

「すぐできるから」

とキッチンに駆け込む田宮への愛《いと》しさが、ひしひしと高梨の胸に込み上げてきた。

「ごろちゃん」

高梨もまたキッチンへと向かい、流しで野菜を洗い始めた田宮の背に声をかける。

「なに？」

「僕の話も聞いてくれるか？」

海堂とのやりとりを——自分の信念を、愛するパートナーに聞いてもらいたい。聞いた彼がどう感じるかを聞いてみたい。そんな高梨の思いは田宮には正しく伝わったようだ。

「勿論」

振り返り、微笑みかけてきた田宮の瞳の輝きがそれを物語っている、と察する高梨の胸に、ますます彼への愛しさが募ってくる。

自分が揺るがぬ信念を持ち続けていられるのも、こうして田宮がしっかりと、それこそ揺るがぬ存在として傍で支えてくれているからに違いない。そう思いながら高梨は、自分のために食事を作ろうとしてくれている田宮を手伝おうと彼へと歩み寄っていった。

8

速水社長の『共犯』と思しき男が割れたのは、翌日の夕方だった。高梨が田宮との会話に出た『フェイスブック』にヒントを得、インターネットでの繋《つな》がりをつぶさに調査していった結果、便利屋と思しき一人の若い男との交友関係が浮かび上がってきたのだった。

便利屋の名は若林《わかばやし》といい、金のためならなんでもすると評判で、別件の殺人事件の捜査対象となっていた。

また、田中が殺された日は客先と接待だったという速水のアリバイは、その『客先』に頼んで話を合わせてもらったという裏も取れたため、まずは速水に任意同行を求め話を聞こうということになり、高梨と海堂は共に速水の会社へと向かった。

「社長は本日、お休みをいただいております」

受付嬢は社長から何か言われているのか、海堂を見て、一瞬、あ、という顔になったが、すぐにそう説明し頭を下げた。

「本当ですか」

前日とは打って変わった愛想のなさを見せる彼女に海堂が詰め寄る。

「本当です。風邪を引いたとのことです」

嘘をついていると思われたことにむっとしたらしい彼女が憮然《ぶぜん》として言い返す。その彼女に高梨は笑顔で声をかけた。

「ありがとうございます。ときに、少々お話、お伺いしてもよろしいでしょうか」

「は？」

突然のことに受付嬢は戸惑った顔になったが、かまわず高梨は彼女に話しかけた。

「最近社長宛に、変わったお客さん、来てはらへんやろか」

「……わかりかねます。私には……」

迷惑であることをかくそうともせず、受付嬢が顔を顰《しか》める。

「この人なんやけど」

あくまでもフレンドリーに話しかけながら、高梨がポケットから取り出した写真を見せる。写真に写っているのは便利屋の若林だった。受付嬢はちらと写真を見たものの、厳しい表情のまま、

「存じません」

と答え、帰ってくれ、といわんばかりに目礼する。

「もうちょっとよう見てくれへんかな。この男、秘書の田中さんを殺した犯人かもしれないんや」

そう言い、高梨が再び写真を見せる。

「警視……っ」

確証もない状態で何を、と海堂がぎょっとした声を上げる中、

「え？」

さすがに興味を惹かれたらしい受付嬢が、まじまじと写真を見つめ始めた。

「よう、思い出してください。彼が会社を——速水社長を訪ねてきたことはなかったかな？」

「社長を？」

受付嬢が驚いたように高梨を見る。

「警視」

驚いたのは海堂も同じのようで、捜査情報をべらべら話すとは、と言いたげな目を高梨に向けてきた。

「社長やなくてもええよ。どやろ。この男、会社に来たことはないやろか」

高梨に問われ、受付嬢はまじまじと写真を見たが、見覚えはなかったらしく、

「わかりません」

と首を横に振った。

「受付は交代制？」

「はい……今日は休んでますが……」

先ほどとは打って変わり、不安そうな顔になった受付嬢が、彼女のほうから高梨に、

「あの」

と声をかける。

「なんですか？」

笑顔で問い返した高梨に受付嬢は、

「あの、社長、疑われてるんですか？」

とずばりと斬り込んできた。

「そない思われる理由は？」

高梨が逆に彼女に問いかける。

「社内でも、最近社長、あまり評判よくなくて」

『社長が怪しい』と言いたげな高梨の言動に、受付嬢は不安を煽《あお》られたらしく、社内で聞くという速水社長の評判を話し始めた。

「もう倒産寸前だってみんな言うんですよ。誘拐事件と、そのあとの田中秘書の殺人事件で、もう終わりだろうって。社長もこのところぴりぴりしてるし、なんかいよいよなのかなって」

受付嬢はそう言うと、探るように高梨を見た。

「倒産より、社長の逮捕のほうが先かもしれないんですか？」

「どやろな」

高梨はその問いには答えず、

「もう一人の受付の子と話、できへんかな」

と彼女に笑顔を向けた。

「多分家にいると思いますが……」

受付嬢はがさごそと机の下から鞄を取り出したかと思うと、

「あ」

と何か思いついた顔になった。

「なに？」

どうした、と高梨が彼女に問いかける。

「社長宛にその犯人……？　が訪ねてきたかなら、則子《のりこ》に——社長秘書に聞いたほうが早いんじゃないかと」

「お友達なん？」

名前を呼んだところを見るとそうなのだろう、と思い尋ねた高梨に、受付嬢は、ええ、と頷くと、またも眉間に縦皺を寄せ、こそこそと小声で話し始めた。

「昨日、則子から聞いたんです。社長、警察の人に大声上げてたって。いきなり部屋から大声がしたもんだから、則子、つい聞き耳立てたって言ってました。何も聞こえなかったそうだけど」

　かなりぶちまけてきたところを見ると、受付嬢はすっかり気を許してくれたらしい、と高梨は内心、よし、と頷くと、笑顔のまま彼女に『則子』への取り次ぎを頼んだ。

「すぐ呼びます」

　受付嬢は本当に『すぐ』受話器を取り上げ、社長秘書の谷田部則子を呼び出した。谷田部は最初、渋ったが、受付嬢が、

「絶対、話、聞いたほうがいいって」

　と口添えをしてくれたおかげで、休んでいるという社長の部屋を解放し、聞き込みに応じてくれることになった。

　谷田部に若林の写真を見せると、服装などは違ったが、似た男が社長を訪ねてきたことがあるという証言を得られた。

「社長、いかにも迷惑そうに『どうして会社に来る』というようなことを言っていました」

　来客には茶を出すのが普通なのだが、そのときに限って社長は茶はいらないと彼女に言い、来客が終わるまでは部屋に入るなと厳命したという。

「そういうことはあまりないので、印象に残りました」

　と言う谷田部からは、別の証言も得られた。社長と秘書室長の田中との関係が、ここ数ヶ

月というもの険悪だったというのである。

社長の方針に田中がたてついていたようで、社長は今にも田中をクビにするのではないかと谷田部の目には映っていた。が、田中が亡くなる直前に、二人の関係は嘘のように修復していたという話だった。

「社長が田中室長を立てているっていうか、表現は悪いですけど、ご機嫌を取っているというか、そんな感じでした」

関係が悪いときには、田中は谷田部に『社長があれでは、会社もおしまいだ』といった愚痴を零《こぼ》すのが常だったが、改善したあとは上機嫌で、誰の誕生日でもないのに女性社員全員に、外出したからと高級洋菓子店のケーキを買ってきてくれたこともあったと彼女は言ったあと、

「ご馳走になっておいてなんですが、機嫌がよすぎてちょっと気持ちが悪かったです」

と肩を竦めた。

「関係改善のきっかけはなんやったんやろ?」

谷田部ともあっという間に打ち解けた高梨が問いかける。

「わかりません。わからないだけに気味悪かったっていうか」

首を傾げた谷田部に高梨は、

「一つ思い出してほしいんやけど」

と彼女の目を見つめた。

「なんでしょう」

じっと高梨に見つめられ、谷田部が赤面する。

「速水社長と田中さんの関係が改善したのは、社長誘拐未遂事件の前やった？　あとやった？」

「どうだったかな……」

谷田部は一瞬首を傾げたが、すぐ、

「ああ、あとでした」

ときっぱり言い切った。

「ケーキ食べながら、殺された佐野さんについての噂話をしたから間違いないです」

「どうもありがとう」

思った以上の成果を上げた聞き込みを高梨は笑顔で打ち切ると、海堂と二人、速水社長から話を聞くべく社長宅へと向かうことにした。

「驚きでした」

今日も覆面パトカーの運転は高梨が受け持った。ハンドルを握る高梨に海堂が話しかけてくる。

「ほんまに」

高梨は海堂の『驚き』を、聞き込みの内容についてかと思い、そう相槌を打ったのだが、海堂はすぐ、

「違いますよ。警視の聞き込みの手腕についてです」

と高梨の思い違いを訂正してきた。

「手腕、いうほどのものやないですよ」

褒めてくれたのだろうと判断し、高梨が苦笑し首を横に振る。と、すぐに助手席から海堂の声が響いてきた。

「警視はゲイだと聞いていたのに、女性の扱いもお上手ですね」

「え？」

最初高梨は、海堂に嫌みを言われたのかと思った。が、ちらと見やった海堂の表情は真剣で、揶揄《やゆ》の欠片《かけら》も見えない。

「まあ、ゲイ、いうわけやないんやけど」

悪気はないということだろう、と高梨は判断し、海堂に笑顔を向けた。

「最愛の嫁さんが男や、いうだけの話で」

「しかも上司にも部下にも性的指向を受け入れられている……それを私は、あなたがキャリアだから皆、表立って何も言えないのだろうと考えていました」

ぽつりと呟く海堂の発言は嫌みとも取れたが、本人にそのつもりはないことは今回もまた

表情からわかった。それで高梨は、

「僕がそれだけ恵まれた環境における、いうことでしょう」

と話を打ち切ると、捜査についての話題に切り替えた。

「現段階では速水に求めることができるのは任意同行のみですが、百二十パーセント拒否されるでしょうね」

「ええ、今日も門前払いを食らわされる可能性大でしょう」

仕方ない、と海堂が肩を竦める。

「こんなことなら、佐野が殺された直後から速水には見張りをつけておけばよかった。そうすれば田中殺害は回避できたかもしれないのに……」

悔しげに唸る海堂に高梨が新たに話題を振ったのは、下手《へた》な慰めなど海堂が欲していないとわかるためだった。

「今は見張りがついていますよね」

「……ああ、はい。昨夜からつけました。が、目立った動きはないようです」

海堂がはっとした顔になったあと、報告をし、じっと高梨を見つめる。

「なんでしょう?」

何か言いたいことがあるのか、と運転しながら高梨は横目でちらと海堂を見て問いかけた。

「いえ……警視は人の心の痛みがわかる人だなと」

ぼそりと告げられた海堂の言葉は、聞きようによっては、これもまた嫌みとも取れるものだったが、ふいと目を逸らしたところを見ると、今回も本心からのものだったようだ、と高梨は判断した。

「褒めすぎですよ」

それで高梨は軽くそう返すと、またも話題を事件へと戻し、速水社長宅に到着するまでの間、二人は今後の取り組みについて意見を交わしたのだった。

「あ、警部」

横浜にある速水の自宅近くに到着すると、木村という県警の若い刑事が二人の姿を認め駆け寄ってきた。

「どうだ、速水は」

海堂が木村に短く問いかける。

「動きはありません。昨夜帰宅したあとは、家から一歩も出ていません」

報告は簡潔に、と普段から言われているのだろう。木村はきびきびと答えたあと、

「一つ気になることが」

と言葉を足した。

「なんだ」

「妻の由梨恵ですが、在宅していないようなんです」

ちゃんと確かめたわけではないのですが、と木村が言いかけた、それを聞き高梨は思わず、

「なんやて？」

と声を上げてしまっていた。

「あの？」

木村が驚いたように高梨を見る。

「いつから速水を張っとるんでしたっけ？」

勢い込んで尋ねる高梨に、木村も、そして海堂も戸惑いを隠せない様子でいたが、すぐに木村が問いに答えた。

「昨夜からです。捜査会議のあと、速水の自宅前に貼り付きました」

「そのときもう速水は帰宅していましたか？」

「はい。明かりはついていましたから」

「奥さんは？」

たたみかける高梨に、たじたじとしつつ木村が「わかりません」と首を横に振る。

「窓はカーテンが降りていますし、中を覗くことはできません。奥さんが在宅していないかもしれないというのは、隣の主婦の、毎朝犬の散歩に出るのに今日は姿を見せなかった、という証言からです」

「……あかんな……」

高梨が低く呟き、海堂を振り返る。

「すぐに奥さんの実家に連絡を入れ、奥さんと連絡が取れているかを確認しましょう。最悪の事態を考え、今すぐ速水社長宅に向かう必要があります」

「なんですって？　まさか、社長が奥さんを……？」

高梨の言葉を聞き、海堂にも高梨の危機感が伝わったようで、すぐにはっとした顔になると厳しい顔で木村を見据え今、高梨の言ったことを命じた。

「え？　え？」

わけがわからない、といった様子の木村を、

「いいから早く、連絡を！」

と怒鳴りつけると海堂は既に歩き出していた高梨のあとを追ってきた。

「警察に目をつけられていると速水にもわかっているはずです。そんな中で危ない橋を渡りますかね」

そう声をかけてきた海堂を高梨は、

「理性的に考えればそうでしょう」

と肩越しに振り返り頷いてみせた。

「逆に警察に目をつけられていると悟ったことで、自棄《やけ》になる可能性もあるんやないかと」

「……そうか……」

海堂の表情が一段と引き締まり、歩調が更に速くなる。高梨と二人、駆けるようにして速水宅へと到着すると、海堂はすぐさまインターホンを押した。

『…………』

防犯カメラがついているようで、インターホンが外れた音はしたものの、声は聞こえてこない。ドアを開けてもらわねばはじまらない、と高梨は逸《はや》る心を抑え、インターホンに話しかけようとしたが、それを海堂が制した。

「私が」

小さくそう言ったかと思うと笑顔を作り、腰低く話し始めた。

「速水さん、神奈川県警の海堂です。昨日は大変失礼いたしました。本日はそのお詫びと、県警本部長よりの伝言を預かって参りました」

『…………別に謝罪など必要ありません』

暫《しばら》くしてからインターホン越しに、速水の憮然とした声が響いてきた。よし、と高梨と海堂は顔を見合わせ頷いたが、速水のガードは堅かった。

『伝言をお聞きします。なんでしょう』

「あ、いや、中に入れてはもらえませんか」

海堂が慌てて言い縋る。だが速水はそれを了承するつもりはないようだった。

『風邪を引いて寝込んでおりますので』

そちらでどうぞ、と繰り返され、海堂が途方に暮れた顔になる。高梨は咄嗟に頭を働かせインターホンに向かい声を張り上げた。

「速水社長、昨日は大変失礼いたしました。警視庁の高梨です。本日お伺いしましたのは……」

『お前の話を聞く気はない。帰ってくれ』

高梨が言葉を続けようとするのを遮り、速水が怒声を張り上げる。そのままインターホンを切られそうになったのに、海堂が慌てて、

「申し訳ありませんっ」

と謝罪する。その声にかぶせ高梨は更に声を張り上げた。

「大変申し訳ありません。実は実行犯と思われるヤクザが特定できそうなのです。彼らを雇ったと思しき男も捜査線上に浮かび上がりました。速水社長には是非とも、その男の写真を見ていただきたいのです！」

『なぜ私が見なければならないんだ』

相変わらず速水は不機嫌そうであり、高梨の話に聞く耳を持つ気配がない。そんな彼の気を引くべく、高梨はインターホンに呼びかけた。

「その人物が速水社長と近しい人物と通じている可能性があるからです！　もしや速水社長とも面識があるやもしれません！　是非ともそれを確認させていただきたいのです」

『…………』

インターホンの向こうで速水が黙り込む気配が伝わってきた。彼は一体どう出るか、と高梨と海堂は固唾《かたず》を呑《の》み、インターホンを見つめていた。

『それは今日じゃなきゃいけないんですか。明日、会社で見せてもらいますよ』

暫しの沈黙のあと、インターホンから聞こえてきたのは、随分とトーンの下がった速水の声だった。

「一刻も早い事件解決のためには、今、見ていただきたいのです」

高梨がインターホンに訴えかける。またも暫しの沈黙があったが、やがて聞こえてきた速水の苛立《いらだ》ちの混じった声が告げたのは、高梨らが待ち侘びていた了承だった。

『……わかりました。見ましょう』

やれやれ、といわんばかりの溜め息と共に、インターホンが切られる。

「…………」

「…………」

その瞬間高梨と海堂は顔を見合わせ、よし、と笑顔で頷き合った。それから数秒でドアの鍵《かぎ》が外れる音がし、扉が開いて速水が顔を出した。

「拝見しましょう」

「すみません、ご近所の目もありますので、中に入れていただけませんか」

海堂が慇懃《いんぎん》にそう言い、深く頭を下げる。速水は舌打ちしつつも、

「どうぞ」

と扉を大きく開き、門から敷地内に入っていた二人を家の中へと導いた。

「失礼します」

「お邪魔します」

高梨と海堂、二人してドアの中に入り、速水と向かい合う。

風邪で寝ていた、という割りには、ワイシャツにスラックスと、今にも出かけられそうな格好を速水はしていた。

「お風邪の具合はいかがですか」

さて、どうする、というように海堂が高梨に目配せをしつつ、速水に笑顔で問いかける。

「私の体調より、さあ、写真を見せてください」

速水はまるで取り付く島なく、憮然とした顔で高梨の前に手を突きつける。当然ながら写真の件は嘘だった。どうするか、と高梨は一瞬だけ考えたが、迷うことなくすぐ行動に移した。

「まずは奥様に見ていただきたいのです。ちょっとお邪魔しますね」

そう言ったかと思うと高梨は靴を脱ぎ捨て、速水を押しのけつつ家の中に上がり込んだ。

「おい！　どういうつもりだっ！」

速水が怒声を張り上げ、高梨のあとを追う。海堂は啞然としていたが、すぐ彼も靴を脱ぐと二人を追い越すようにし廊下を進んでいった。

大声を張り上げ、高梨が手近にあったドアを開く。

「奥さん！　いらっしゃいますか！」

「よせ！　おい！」

速水が高梨に飛びかかっている間に、海堂が階段を駆け上がった。

「ふざけるな！　令状はあるのかっ！」

速水が大声を上げ、海堂に続いて階段を上ろうとする。そんな彼の腕を高梨は摑み、足を止めさせた。

「離せっ」

騒ぐ速水を引きずり、廊下の突き当たりにあるリビングへと進む高梨の耳に、二階から海堂の声が響いてくる。

「警視！　鍵のかかっている部屋があります！」

「蹴破《けやぶ》りましょう！」

高梨はそう返事をすると、「なんだと!?」と騒ぐ速水を突き飛ばし、自分も階段を駆け上った。

「待て！　おい!!　警察を呼ぶぞ!!」

速水の喚き声を背に聞きながら、到着した二階の一室の前、ドアに体当たりしている海堂と共に高梨もドアに身体をぶつける。

「よせっ」

速水が二階に到着したと同時に蝶番《ちょうつがい》が外れ、ドアが開いた。遮光カーテンに閉ざされた中、確かに人の動く気配を察した高梨はすぐに見つけた室内の照明のスイッチを入れた。

「奥さん！」

そこは速水の書斎らしく、天井までの高さの本棚に囲まれていたが、床には手足をがんじがらめに縛られ、口をガムテープで塞《ふさ》がれた由梨恵が転がされていた。

高梨と海堂は共に彼女に駆け寄りかけたが、背後でどたどたと階段を駆け下りる音が響いたのにはっとし、同時に室内を駆け出そうとした。

「任せます！」

気づいた高梨が海堂にそう告げ、自分は由梨恵のもとへと向かっていく。

「…………」

海堂は一瞬何かを言おうとしたが、すぐに部屋を飛び出し、階段を駆け下りていった。

「奥さん、大丈夫ですか」

一晩中縛られていたのか、ぐったりしている由梨恵を抱き起こし、口に張られたガムテープを外してやる。と、由梨恵は弱々しい声ながらも悪態をつき、体調を心配していた高梨に安堵の息を吐かせた。

「なによ、やっぱり主人が犯人だったんじゃないの。酷いわ。あのとき教えておいてくれたらこんな目に遭わずにすんだのに」

「今、救急車を呼びますさかい」

この分なら呼ばずとも大丈夫かもしれない、と自分を罵る由梨恵を見下ろし、高梨がつい笑ってしまったとき、階下で海堂の凜とした声が響き渡った。

「午後一時五分、逮捕！ 速水京介、妻由梨恵監禁容疑で逮捕する！」

「監禁じゃないわよ。殺人未遂よ」

その声を聞き由梨恵がぼそりと呟く。

「……ほんま、ご無事でよかったですわ」

最悪の事態が免れたことを心の底から安堵しながら、高梨はポケットから携帯電話を取り出すと、由梨恵を病院に搬送するべく電話をかけ始めたのだった。

9

　妻を殺害目的で監禁している現場を押さえられては言い訳もできなかったようで、速水社長は犯行をすらすらと自供した。

　取り調べは海堂が担当したが、同席者に海堂は高梨を指名し県警の刑事たちをはじめ、警視庁や新宿署の刑事を驚かせた。

　速水の犯行の動機は、佐野と由梨恵の関係に気づいたことだった。

「佐野が起業を狙っていることは知っていた。金の算段もつきそうだと、あいつ、いけしゃあしゃあと俺に言いやがった。俺が由梨恵と奴との関係に気づいていないとでも思ってやがったんだろう」

　気づかないわけがない、と毒づいたあと速水は、妻の由梨恵に対しても毒づき始めた。

「あの女がキープしたいのは『社長夫人』の座だけだ。夫は俺だろうが、佐野だろうがどっちでもいいんだ。夫婦間の愛情なんて、結婚した当初からなかった。あいつ、父親が金を出しているからって、いつも偉そうに、俺を見下していたんだ。浮気を咎めようものなら、いつも決まってこう言いやがる。『私は別に離婚してもいいのよ』って……」

「で、今回は本当に離婚をされると思った……そうだな？」

海堂の問いに速水が「そうだ」と頷く。

「俺の会社はもう、いつ倒産してもおかしくない状態だ。彼女が俺に見切りをつけているのは結構前から感じていた。起業した佐野と結婚するほうを選ぶに違いないと思った。でもあいつの父親からの融資を打ち切られたら、俺の会社は明日にも倒産してしまう。それを避けるためにはもう、佐野を殺すしかないと思い詰めてしまった」

そのあと海堂は犯行の状況について詳しく説明し始めた。

単に佐野を殺せば、まず妻の由梨恵が自分を疑うに違いないと思った。それで、自分と間違えられて誘拐され、人違いと犯人に知れた結果見せしめのために殺されるというシナリオを書き、実行した。

犯行は一人では困難だったため、以前荒れることが必至だった株主総会を見事に仕切ってくれた若林に声をかけると、彼は五百万で手を打つと快諾した。

「言い訳にもなりませんが、もっと高い値段をふっかけられたら考え直したかもしれません」

人一人殺すのに五百万ですむ——そんな安価なものなのか、と、かえって思い切りがついた、と言う速水を前に海堂は憤りを隠せぬ顔をしていたが、声だけは冷静に、

「それで」

と話の続きを促した。

「合コンを設定し、入れ替わりを提案すると、佐野は簡単に乗ってきました。合コンのあと、若林が自宅前で彼を待ち伏せ殺した。誘拐犯は中国マフィアということにしようと打ち合わせていたので、脅迫電話をかける際、映画から録音した中国語のテープを後ろで流させた」

速水の思惑どおり、警察の捜査は外国人マフィアに関するものとなった。妻にも佐野殺しを疑われなかったことに安堵していたところ、秘書の田中に脅迫され始めたという。

田中は以前、速水に命じられ、佐野と由梨恵の関係を調べるべく探偵事務所に調査依頼を出したことがあった。速水が便利屋の若林に渡す五百万を用意させたこともあり、田中はそれで速水を疑い脅しをかけてきたという。

速水はすぐに若林に連絡をとり、もう五百万で田中を殺す依頼をした。若林はすぐ了承し、田中が誘拐犯である中国マフィアと通じていたという設定を考え、捜査の目がそちらに向くようにと画策した上で彼を殺害したのだった。

由梨恵を殺そうとしたのは、高梨らに由梨恵と佐野との関係を知られているとわかったあと、由梨恵に刑事が接触してこなかったかと探りを入れたところ、

『やっぱりあなたが犯人なの？』

と問い詰めてきた挙げ句、夫が殺人犯なんてとんでもない、容疑者になっただけでも不名誉だと騒がれ、カッとなったという話だった。

「今、妻を殺せば疑いは自分に向くとはわかっていましたが、結婚したことを後悔しているとか、パパのいうとおり成り上がり者は駄目だったとか、好き勝手に喚かれるうちに頭に血が上ってしまって……」

彼女の始末も若林に頼むつもりだった、と速水は話を結んだ。

速水がすべて自供し供述書に署名捺印《なついん》したあと、何かあるか、と海堂が高梨を振り返った。

「速水さん」

高梨が声をかけると、速水は項垂《うなだ》れていた顔を上げ高梨を振り返った。

「奥さんに事情聴取したんは僕です」

「……そうですか」

速水がたいした興味もなさそうに相槌を打つ。

「奥さんに佐野さんとのご関係を聞いたのですが、奥さんは佐野さんから起業するので融資をしてほしいと頼まれた件に関しては、きっぱり断ったと仰ってましたよ」

「…………え…………？」

速水が啞然とした顔で高梨を見る。やはり知らなかったのか、と高梨は溜め息を漏らすと、

「便利屋に五百万で殺人を頼むより前に、奥さんに一言確認するべきやったんとちゃいますか」

そう告げ、速水を見やった。

「……は…………はは……」

速水が力なく笑い、がっくりと肩を落とす。

「それができれば苦労はなかったんだよ……」

ぽつりと呟いたあと、速水が机に突っ伏し肩を震わせ始める。

愚かな己を自嘲《じちょう》しているのか、はたまた犯した殺人の罪を悔いて泣いているのか。おそらく前者だろうと思いながら高梨は海堂と共に、暫し速水の震える背中を見つめていた。


県警本部長が記者会見を開くということで、海堂はすぐ神奈川県警へと戻らねばならなくなった。

「本当にこのたびはお世話になりました。数々の非礼、申し訳ありませんでした」

海堂は部下を先に帰したあと、高梨を呼び止め会議室へと誘ったのだが、二人になると彼は深く頭を下げて寄越し高梨を慌てさせた。

「そない改まらんといてください。無事に犯人も逮捕できましたし、速水夫人も無事保護できた。終わりよければ……でええやないですか」

確かに神奈川県警との間ではいざこざもあったが、今更それを蒸し返す気はない。高梨は笑って流そうとしたが、それでは海堂の気がすまないようだった。

「あれだけ私が酷い振る舞いをしていたというのに、警視は速水逮捕まで私に――神奈川県警に譲ってくれました。私は本当に自分が恥ずかしいです」

「いやいや、前にも言うたかと思うんですが、僕は上司に恵まれとるんですよ」

逮捕を持っていかれたと叱責《しっせき》されることはないのだ、と高梨は笑い、もう話は終わり、と会話を打ち切ろうとした。

「ほんま、お疲れさまでした。また何か機会がありましたら、そんときはよろしゅうお願いいたします」

それでは、と高梨は海堂に一礼すると、そのまま部屋を出ようとした。

「すみません」

と、いきなり海堂の手が伸びてきて高梨の腕を摑んだものだから、どうした、と驚き高梨は足を止めた。

「はい？」

「警視……いや、高梨さん」

海堂が顔を上げ高梨を見る。いつも澄ましている印象があった端整な顔がやけに思い詰めているように見える、と思いつつ高梨は再び、

「はい？」

と海堂に問いかけた。

「私はあなたに謝らなければならない」

「……ですからそれは……」

もういいです、と高梨は海堂の謝罪を退けようとしたが、

「いえ！」

と海堂がいきなり大きな声を出したのに、はっとし息を呑んだ。おかげで言葉が途切れた高梨の代わりにとばかりに、海堂が勢い込んで話し始めたのだが、その内容は高梨の思ってもいなかったものだった。

「私の非礼はすべて、自分のできないことを易々《やすやす》とやってのけるあなたへの嫉妬によるものだった。それを謝罪したいのです」

「……はい……？」

自分が何を『易々と』やっているというのか、と戸惑う高梨にかまわず海堂が言葉を続ける。

「あなたは自分がゲイであることを少しも恥じず、堂々とそれを公表なさっている。それだけでなく、周囲にご自分のパートナーが同性であることを認めさせている。警察という閉鎖された社会で、性的にマイノリティであることを公表するのは非常に勇気のいる行為です。自分の立場や、そして出世を考えれば更に勇気は挫《くじ》かれる。なのにあなたは……」

「……海堂さん、もしかしてあなた……」

『自分のできないこと』がカミングアウトだというのなら、もしや、と思い高梨がおずおずと口を挟むと、海堂はこの上なくきっぱりと言い切り、頷いてみせた。

「はい、私はゲイです」

「……そうでしたか……」

つい確かめてしまったが、リアクションのとりようがわからず、曖昧に頷いた高梨を、それは熱く見つめながら海堂が訴えかけてくる。

「警視の評判は警視庁内にいる友人からよく聞いていました。その友人もあなたがゲイであることについては、『公表するなんて勇気ある』と言いはしていましたが、決して否定的ではなかった。マイノリティがそうも温かく迎え入れられる理由が私にはわからなかった。それで私はその『理由』をあなたが高い役職にあるから――警視であるからだと考えました。私になくてあなたにあるものが役職以外にあると、私は認めたくなかったのです」

「いや、単に僕は周囲に恵まれていただけですわ」

何度も言っているが、本当にそのとおりだと、高梨は心からそう思いつつ海堂の言葉を遮ろうとしたが、海堂にはもう高梨の声は耳に入っていないようだった。

「でも実際あなたと会い、あなたと一緒に捜査にあたることになり、否応なく認めざるをえなくなった。あなたがゲイであっても周囲から温かく迎え入れられているのは、警視という役職ゆえなんかじゃない。あなたの人柄ゆえだと……私の非礼を少しも気にする素振りを見せず、それどころか私の立場を慮《おもんぱか》って速水の逮捕まで譲ってくれた。私とは人間としての度量が違う。本当にあなたは素晴らしい人だと……」

「ちょ、ちょっと待ってください。そない持ち上げられると照れますさかい……」

過ぎるほどの賛辞の言葉は聞いているだけで恥ずかしい、と高梨はわざと茶化して会話を終わらせようとした。

高梨としては、海堂の、本人が言うように彼の『非礼』に対して、思うところは皆無だった。それ以上に彼が自分に心を許し、ゲイであるとカミングアウトまでしてくれたことを嬉しく感じていた。

同じ警察官であるのに、県警と警視庁と所属が違うだけでいがみ合うことほど空《むな》しいものはないと、高梨は常々思っていた。その垣根を共にあたった捜査を通じ、海堂が越えてくれた。そのことにこの上ない喜びを感じていたのだが、海堂が『越えた』のはどうやら、県警と警視庁の間に横たわる垣根だけではなかったようだった。

「高梨さん！」

敢《あ》えておちゃらけてみせた高梨の手を、海堂がいきなり両手でぎゅっと握り締める。

「はい？」

予想もしない海堂の動きに、さすがの高梨も少々戸惑い目を丸くしたのだが、続く海堂の言葉は『少々』どころではなく高梨を驚愕させるもので、思わず彼は絶叫してしまったのだった。

「そんなあなたに惹かれるなというほうが無理な話です。高梨さん、私はあなたが好きです。どうか私の想いを受け入れてはもらえませんか⁉」

「えーっ」

驚きが勝るあまり、思わず絶叫してしまいはしたが、高梨はすぐに我に返ると、思い詰めた顔で自分の手を握り締める海堂の両手からその手を引き抜こうとした。

「すんません。お気持ちはありがたいんやけど、僕には最愛の妻が……」

まさか愛の告白をされるとは、と驚きはしたものの、高梨にブレはなかった。告白してくれた相手を思いやり『お気持ちはありがたい』と言いつつ、きっぱりと断る。今までミトモや鑑識の井上に言い寄られた場合も——どちらも本気と冗談《ジョーク》、半々であるという認識ではあったが——同じ対応をしてきたのだが、ミトモや井上以上に海堂は素晴らしい、としかいいようのない粘りを見せ、高梨を愕然とさせたのだった。

「それは知っています。今、官舎に住まわせてらっしゃるんですよね？」

そう問うたかと思うと、高梨が頷くのを待たず、更に強い力で彼の手を握り締め、ますます熱い口調でかき口説いてくる。

「でも私は諦《あきら》めません！　諦めたらそこで終わりですから！」

「いや、ほんま申し訳ないんやけど……」

どこかで聞いたことのある台詞《せりふ》だ、と思いつつも高梨は、自分にとっての『妻』が――田宮が、いかに絶対的な存在かということを説明すべく口を開いた。

「僕はごろちゃん以外――最愛の妻以外、目に入らんのですわ」

ほんま、申し訳ない、と頭を下げた高梨の耳に、明るすぎるほどに明るい海堂の声が響く。

「お気になさらず。私は『永遠の愛』など信じておりませんので！」

「……え……？」

表情や声音の明るさとは相反するネガティブな海堂の発言に、高梨が一瞬唖然となる。海堂はネガティブどころか非常にポジティブなつもりだったようで、唖然とする高梨の手を一段と強い力で握ると、彼を震撼《しんかん》させるような言葉をまたも笑顔で口にした。

「それに私、恥ずかしながら柔道剣道共に五段です。腕力も瞬発力も、そして持久力も、今まで人に劣ると感じたことは一度たりともありませんので！」

「…………え…………？」

それはどういう意味か、と敢えて問わずとも、爛々《らんらん》と目を輝かせている海堂の顔を見れば一目瞭然《りょうぜん》だった。

高梨は柔道剣道共に三段であり、それはそれで素晴らしい段位ではあるのだが、五段にはとてもかなわない。

要は腕力に物を言わせることもできるのだ、と宣言された、それを確認することに対し、さすがに腰が退けていた高梨は、

「と、ともあれ、お疲れ様です」

と誤魔化《ごまか》し笑いを浮かべると、海堂の手を振り切り、

「そしたらまた機会がありましたら！」

と挨拶しつつ、脱兎《だっと》のごとくその場を駆け出した。

「高梨さん！」

叫ぶ海堂の声を背に聞きながら高梨は、もしやとんでもない面倒ごとを背負い込んでしまったのではないかと思わず天を仰ぎ、それが自分の杞憂であってほしいと心の底から祈ったのだった。


捜査本部解散の軽い打ち上げに参加したあと、高梨は「飲みに行こう」という納を「堪忍」と片手で拝み、帰路についた。

早い時間の帰宅は久し振りとなる。打ち上げの合間に田宮の携帯にメールしたところ、田宮もまた今日は早く帰宅できるという返事がきて、久々に夫婦水入らずの時間を過ごせると

高梨は張り切っていた。

地下鉄を乗り継ぎ九段下で降りる。逸る気持ちが歩調に表れ、いつしか小走りになってい る自分に気づき、苦笑しつつも、高梨はそのまま駆けるようにして官舎への道を急いだ。

オートロックを解除し、エレベーターを待っているのがもどかしく階段を駆け上る。高梨の部屋は三階の角部屋で、息を切らせてドアの前に立つとインターホンを押した。

『はい』

数秒後、田宮の声がスピーカー越しに聞こえてきたのに、

「ただいまあ」

と声をかけつつ、鍵穴にキーをさす。高梨がドアを開けると、鍵をあけてくれようとしたらしい田宮が廊下を駆けてきて、高梨に満面の笑顔を向けた。

「おかえり！」

前の家であれば、飛びつき、キス——という展開になったのだが、官舎の人間に見られては大変、という頭が働くらしく、田宮は高梨がドアを閉めるのを待っている。気を遣わなくても大丈夫だ、と言ってやりたいが、気になるものを『気にするな』というのはそれはそれで酷か、と思い直し、高梨はすぐにドアを閉め、鍵をかけると田宮に向かい両手を広げてみせた。

「ただいまのチュウ」

「おかえり！」

田宮が高梨の胸に飛び込み、ここで恒例の挨拶のキスとなった。唇を合わせた途端、田宮の身体からカレー粉の匂いが立ち上り、もしかして今夜のメニューは、と高梨はチュ、と田宮の可愛《かわい》い唇にキスしたあと問いかけた。

「カレー？」

「うん、この間良平《りょうへい》、久々に食べたいって言ってただろ？」

言われて高梨は、そういえば二人でテレビを観ていたとき、評判のインドカレー店が映り、それを観ながら自分が『カレーを食べたい』と言ったことを思いだした。

田宮の作る料理は和食が主で、カレーが食卓に上ることはあまりない。それは田宮の気遣いの表れで、高梨の体調を思いやってと、もう一つ、いつだったか高梨が、昼はカレーや立ち食い蕎麦ですますことが多い、と会話の最中言ったことがあったためだった。

昼も夜もカレーでは飽きるだろうという田宮の配慮に、高梨は勿論気づいていた。それで、カレーなら作り置きもできるし、作業も簡単だし、別にメニューに加えてもらってかまわない、と田宮に告げもしたのだが、田宮は「わかった」と微笑みはしたものの、やはり食卓に出すことはなかった。

自分のちょっとした発言を覚えていてくれるだけでなく、そこから願望を読み取ろうとしてくれる、その心遣いが嬉しすぎる、と高梨は田宮をその場でぎゅうっと抱き締める。

「苦しいよ、良平」

離せよ、と腕の中で暴れる田宮をますます強い力で抱き締めながら、高梨は、本当に自分はなんて幸運なのだろう、という実感を新たにしていた。


田宮の作ったカレーは、家庭のカレーというより、例のテレビ番組でやっていたインド風をアレンジしたものだった。

「ほんま、美味しいわ」

今までの田宮のレシピにインド風のカレーはなかったように思う。おそらく自分のために新たに会得してくれたのだろう。そんな彼の優しさと思いやりがスパイスとなり、更に美味しく感じられる、と高梨は三杯もおかわりをし、田宮の目を丸くさせた。

「食べすぎちゃう？」

嘘くさい関西弁で問いかけながらも、嬉しそうにカレーをよそう田宮に、

「だって美味しいんやもん」

と高梨は世辞抜きということを強調しつつ笑ってみせる。

「よかった。辛さとか、ちょっと自信なかったんだよ」

「ちょうどええよ」

「汗、吹き出してるけど」

久々に二人で囲む食卓では会話もよく弾んだ。

「そういや、富岡君、どうなった？」

食事を終え、田宮が淹《い》れた紅茶を飲みながら、高梨がふと思いだし問いかけると、田宮は、駄目駄目、と顔を顰め首を横に振ってみせた。

「相変わらずだよ。アランのアプローチに困り果ててる」

「アプローチて？　ああ、トイレに連れ込まれるんやったっけ」

「それもあるんだけどさ」

田宮が、何を思い出したのか、やれやれ、といわんばかりに溜め息をついたのに、高梨が好奇心を抱き問いかける。

「『それも』ってことは他にもあるん？」

「そっちのほうが深刻……とか言ったら富岡に怒られるかもしれないけど、とにかくアランって、やることが凄いんだよ」

呆れ口調で田宮はそう言うと、何が『凄い』のかを説明し始めた。

「富岡に対して常にアンテナを張ってて、プライベートでも仕事ででも、トラブルに巻き込まれようものなら、ありとあらゆるコネや権力に訴えかけて解決に導こうとするんだ」

「……ようわからんのやけど……」

具体的には、と問う高梨に田宮はすぐいくつも実例を挙げ始めた。

「富岡に理不尽なことを言ってきた現場所長を、親会社に圧力かけて余所《よそ》に飛ばしただろ、それに、富岡が逸注《いっちゅう》を悔しがってた案件があったんだけど、受注した会社を買収して受注を辞退させたり、なんだかもう、行動が予想の斜め上どころかグローバルすぎちゃって対処のしようがないというか、ともかく、凄いんだ」

「…………へー…………」

確かに『凄い』としかいいようのないアプローチだ、と高梨は感心すると同時に、それではさぞ富岡も、そして田宮も、ひいては田宮の社も困り果てているだろうと同情する。

「富岡が、社食は不味《まず》いから行く気がしないと言えば、いきなり三つ星レストランが提携しはじめたり、ツイッターで疲れた、と呟こうものなら、マッサージチェアが届いたり、と、一事が万事そんな感じで、不用意に何も言えない、と嘆いてる」

「なんや、強烈やなあ」

やれやれ、と溜め息をつく田宮と共に、高梨もまた、やれやれ、と溜め息をつく。

「富岡もほとほと困って、アランに頼むから自分のことは諦めてくれ、と懇願したそうなんだけど、アランに『絶対諦めない』と逆に宣言されたんだって。諦めたらそこで終わりだからって」

「ええっ!?」

ここで高梨が思わず声を上げたのは、同じ台詞を数時間前に自分も言われていたからだった。

「え?」

そんなことを知る由もない田宮が、いきなり何に驚いたのか、と高梨の顔を覗き込む。

「良平、どうしたんだ?」

「あー、いや、なんでもあらへん。富岡君も大変やなあ、思うてな」

誤魔化す高梨を前に田宮は首を傾げつつも、

「本当に大変だよね」

と相槌を打ち、続いて高梨を震撼させるような言葉を続けた。

「富岡も相当、身体、鍛えてはいるんだけど、アランはその上をいくみたいでさ、体格もアランのほうが一回りくらいいいし、押し倒されたら逃げられないって、真っ青になってるよ」

「……そら、大変やな…………」

弱々しく相槌を打つ高梨の脳裏に浮かんでいたのは、勿論、柔道三段の自分に対し、五段であることを宣言して寄越した海堂の顔だった。

細身に見えるが、身長は自分よりあるし、体格ももしかしたらいいのかもしれない。腕力に訴えられたらそれこそ、逃げ場がないのかも、と、したくもない想像をした高梨の身体がぶるっと震える。

「良平？」

いきなり黙り込んだ高梨を訝り、田宮が名を呼びかけてくる。

「ああ、かんにん。なんでもないわ」

慌てて取り繕いながらも高梨は、胸の中で富岡に向かい、お互い頑張って貞操を守ろうなとこっそり呼びかけたのだった。


食事を終えると高梨は田宮を風呂に誘った。官舎の浴室は田宮のアパートのそれとは比べものにならないほどに広く、湯船も大人二人で入るのにそこそこ対応できる広さがあった。

「後片付けは僕があとでやるさかい、一緒に入ろう」

「やだよ」

「ええやん」

「疲れてるんだろ？　一人でゆっくり入ったほうがいいって」

官舎に越してきてから既に恒例となりつつある、そんなやりとりをしたあと、いつものように田宮が折れてくれ、二人は一緒に風呂に入ることとなった。

「エッチなことしたらすぐ出るからな」

服を脱ぎながら、じろ、と田宮が高梨を睨む。

「せえへんせえへん」

それを軽くあしらう高梨は、浴室での行為は、快楽を訴える声が反響してよく響くため、それを田宮は気にしているのだろうと察していた。

防音については問題ないのだ、と何度も田宮には言っているが、それでも気になるのは、前のアパートで隣室の男から指摘された件があるからだろう。あれは自分も配慮が足りなかった、と高梨は反省しつつ、ぱっぱと服を脱ぎ捨て、

「先、入ってるわ」

と全裸になって浴室内へと向かった。

軽く身体を流し、湯船につかっていると、少し怒ったような顔をした田宮が入ってきた。

「ごろちゃんも、一緒にあったまろ」

そのままカランの前に行こうとする田宮に呼びかける。

「……わかった」

ぶすっとしたまま頷いた田宮は、別に機嫌が悪いわけではなく、単に照れているだけだということは、高梨には勿論わかっていた。

軽く身体を流したあと、高梨の浸かる湯船に田宮も入る。

「やっぱり狭いよ」

大量に湯が溢れたのを目で追いながら、田宮がぼそりと呟く。

「アルキメデスの原理くらい凄いこと、思いつくかもしれへんやん」

そんな田宮の腕を引き、高梨は後ろから彼を抱きかかえるようにすると、耳元に唇を寄せそう囁きかけた。

「馬鹿じゃないか」

田宮が悪態をついたのは、高梨が湯の中で田宮の胸をさわさわと触り始めたためだった。

「……エッチなことしたら出るって言っただろ？」

よせよ、と、乳首を指先で摘《つま》もうとした高梨の手首を田宮が摑む。

「エッチなことやなくて、気持ちええこと、しよ」

高梨は簡単に田宮の手を振り払うと、

「しないよ……っ」

と再び手首を摑もうとした田宮の隙を突き、両方の乳首をきゅうっと摘み上げた。

「……あ……っ」

びく、と田宮の身体が震え、唇から微《かす》かに息が漏れる。慌てて口を両手で押さえた彼の胸を弄《いじ》りながら高梨は田宮の首筋に唇を這《は》わせていった。

「……ん……っ……んん……っ」

やめろ、というように田宮が身体を捩《よじ》るのを無視し、ちゅう、と首筋の敏感な部分の肌をきつく吸い上げながら、指先で強く乳首を抓《つね》り上げる。田宮は胸を愛撫《あいぶ》されるのに弱く、痛みを感じるほどの強い刺激を殊更好《ことさら》む。それを知っているからこそ高梨は田宮の乳首を引っ張り上げ、ときに爪《つめ》を立て、と間断なく苛《いじ》め続けた。

「や……っ……あっ……」

今やすっかり田宮は、抵抗する気配をなくしていた。胸への愛撫に快楽を相当煽られているらしく、背を大きく仰け反らせ、続いて身を捩らせる。

色白の肌が紅色に染まってきたのは、湯に温められたというより身体の内側から込み上げる快感が肌を熱している結果のようで、色香漂うその色に高梨の興奮も煽られる。

見下ろす先、湯の中では田宮の雄が既に形を成していた。胸を弄っていた手を下肢へとすべらせ、片手で雄を握り込みながらもう片方の手を田宮の後ろへと向かわせる。

「やぁ……っ」

ずぶ、と指を挿入させると、田宮はまた大きく背を仰け反らせ、高梨の胸に身体を預けてきた。前を扱《しご》いてやりながら、後ろに入れた指で中をかき回す。

「あっ……あぁ……っ……あっ……」

既に田宮の意識は朦朧《もうろう》としているのか、声を抑える努力を放棄していた。天井から降ってくる己の声が田宮をより昂《たか》めるようで、声はますます高く、切羽詰まってくる。

その頃には高梨の指でまさぐられる田宮の中はすっかり解《ほぐ》れていた。ひくひくと内壁が蠢《うごめ》き、高梨の指を締め上げる。

「いくで」

既に高梨の雄も、湯の中で勃《た》ちきっていた。快楽に身を捩る田宮の両脚を後ろから抱え上げ、露わにした後孔《こうこう》に雄の先端をめりこませる。

「あっ」

田宮の後ろがしっかりと先端を銜《くわ》え込んだことを確認してから、高梨はゆっくりと彼の身体を自分の上へと落としていった。

太い高梨の雄をすべて納め、ぺた、と高梨の上に座り込む形となると、田宮は肩越しに振り返り、潤《うる》んだ目で高梨をじっと見つめてきた。

「動くで？」

あまりの色っぽさに、どき、と高梨の鼓動が高鳴り、田宮の中で彼の雄が一段とかさを増す。今にも達してしまう、と苦笑しつつ高梨は田宮に声をかけると、こくりと頷く彼の両脚を再び抱えた。

「あっ……あぁ……っ……あっ……あっ……」

腰を上下させ、田宮を激しく突き上げていく。田宮は高梨の腹の上で乱れに乱れたが、また、肩越しに振り返り、物言いたげな瞳を向けてきた。

浮力で身体が浮き、奥深いところまで高梨を感じることができないのだろうと察した高梨は、

「ちょっと待ってや」

と声をかけると、田宮の腹に腕を回し、雄を彼に挿入したまま、よっと声を上げ湯船の中で立ち上がった。

「つかまっとき」

よろける田宮にバスタブの縁を摑ませると、腰を突き出した形となった彼を激しく突き上げ始める。

「あぁっ……あっ……あっ……あーっ」

望みどおり、奥深いところを突き上げられ、田宮は今まで以上に高く喘《あえ》ぎ始めた。無意識の所作なのだろう、接合を深めるように自身でも腰を突き出してくる。

本当に可愛い、と微笑む高梨の律動はますます激しく、力強くなり、二人の下肢がぶつかり合うときには、パンパンという高い音が浴室内に響き渡った。

「もう……っ……あぁ……っ……もう……っ」

田宮が苦しげな声を上げ、高梨をまた肩越しに振り返る。過ぎるほどの快感に、最早《もはや》限界を覚えているのだろうと察した高梨は、わかった、と頷くと、後ろから伸ばした手で田宮の

雄を掴み、一気に扱き上げた。

「あーっ」

直接的な刺激に田宮はすぐに達し、白濁した液を撒《ま》き散らした。

「……く……っ」

射精を受け、激しく収縮する田宮の後ろに雄を締め上げられたために高梨も達する。

「……ごめ……ん……」

はあはあと息を乱していた田宮が、高梨を振り返り、バツの悪そうな顔で頭を下げる。

「なに？」

謝ることなどあったか、と目を見開いた高梨の耳に、消え入りそうな田宮の声が響いた。

「お湯、汚してしまって……」

「連帯責任やないか」

我慢のきかない自分を恥じているさまも可愛らしい、と、耳まで紅くなっていた田宮を高梨は後ろから抱き締め、頬に大きな音を立ててキスをする。

「だからやだったんだよ。一緒に入るの」

まだ照れているのか、今度は文句を言い始めた田宮に、

「そないなこと、言わんといてや」

と宥める高梨の脳裏にふと、逮捕した速水と彼の妻、由梨恵の顔が浮かんだ。

夫婦間に愛など存在しない、と二人して断言していたあの夫婦は、本当に結婚当初から互いに愛を感じていなかったのだろうか。

夫は妻の実家の資産が目当て、妻は『青年実業家の妻』の座が目当てだとそれぞれを評していたが、愛情がまるでない結婚生活を保つために夫の速水は二人もの人間を殺害した。

哀しい話だ、と思わず溜め息を漏らしかけた高梨は、ふと、田宮が肩越しに振り返り、じっと自分を見上げているのに気づいた。

「なに？」

はっとし、問いかける高梨に、田宮が心配そうに問いかけてくる。

「……大丈夫か？」

常に自分を気にかけ、案じてくれる彼の胸には、自分が彼を愛しく思うのと同じく愛情が溢れているのがよくわかる。

愛し愛される相手がいる、それはなんと幸せなことか、と高梨は思わず微笑んでしまいながら、

「大丈夫やて」

と頷き、海よりも深い愛情を注ぎ注がれる相手である田宮の身体を、一段と強い力で抱き締めたのだった。

あとがき

はじめまして&こんにちは。愁堂れなです。

このたびは三十一冊目のルチル文庫となりました『罪な片恋』をお手に取ってくださり、本当にどうもありがとうございました。

罪シリーズも皆様のおかげで十三作目となりました。今回ある意味新展開を迎えましたがいかがでしたでしょうか。

皆様に少しでも楽しんでいただけましたら、これほど嬉しいことはありません。

陸裕千景子先生、今回も本当に素晴らしいイラストをありがとうございました！　ごろちゃんや良平やトミーは勿論、先生が描いてくださった新キャラにもうメロメロです！

お忙しい中、おまけ漫画も本当にどうもありがとうございました。次作でもどうぞよろしくお願い申し上げます。

また、担当のO様にも、今回も大変お世話になりました。前回の三十冊目、そして通算百五十冊のお祝いにお花を贈ってくださり、本当にどうもありがとうございます！　もうもう、大感激でした。これからも頑張りますので何卒よろしくお願い申し上げます。

最後に何より本書をお手に取ってくださいました皆様に、心より御礼申し上げます。

罪シリーズは皆様からご感想をいただくことが一番多いシリーズなのですが、私自身にとっても、デビュー作でもありますし、とても思い入れのある作品です。

次も皆様に少しでも楽しんでいただけるものになるよう頑張りますので、これからも応援していただけると嬉しいです。どうぞよろしくお願い申し上げます。

次のルチル文庫様のお仕事は、来月『たくらみは美しき獣の腕で』を発行していただける予定です。

いよいよたくらみシリーズの復刊となります！　既読の方にも未読の方にも楽しんでいただけるといいなとお祈りしています。

また皆様にお目にかかれますことを、切にお祈りしています。

愁堂れな

（公式サイト「シャインズ」http://www.r-shuhdoh.com/）

平成二十三年十二月吉日

＊この「あとがき」のあとに、以前サイトに掲載していた『愛しさと切なさと』を収録していただきました。トミーとごろちゃんの少し前のお話です。こちらも併せてお楽しみいただけると幸いです。

「田宮《たみや》さん、今日も残業？」

終業から一時間、終わる気配を見せない自分の仕事に溜め息をつきかけた俺の背後から、いつものようにあいつが――富岡《とみおか》が明るく声をかけてきた。

「『も』ってなんだよ。『も』って」

ついつい絡んでしまったのは、単なる八つ当たりだった。ここ数日深夜残業が続いていたこともあり、今日こそ早く帰ろうと思っていたのに、夕方、今日が接待だという課長から下請けに出された資料作りは気が遠くなるくらいに面倒な作業が必要なものだった。

これを一日でやれというのは、今日も俺に深夜までいろというのと同義だよなあ、とむっとしているところにもってきての富岡の茶々に、ついつい不機嫌な声をあげたのだったが、
富岡は何が嬉しいのか、

「僕も残業なんですよ」

と明るい声でそう言うと俺の椅子の背を摑《つか》み、ゆさゆさと体重をかけて揺すってきた。

「残業メシ《ザンメシ》いきましょうよう」

「やめろって」

邪険にしてしまうのは、富岡のこの手のおふざけが今回はじめてではなく、ほぼ毎晩繰り返されているからだ。俺のことが好きだというこの後輩は、本当にめげることを知らないというかなんというか、俺がどんなに邪険に断っても毎日毎日あれこれ誘いをかけてくる。

「腹が減っては戦《いくさ》はできぬ、ですよ」

今日も少しもめげる素振りを見せず、ねえ、と後ろから顔を覗き込む彼の神経の太さは羨ましいが、かかわり合いたくはないタイプだ。

ここでYESと言わない限り、いつまでもしつこく誘い続けるんだろうなあと半ば諦めの境地から、あとの半分は確かに空腹を覚えていたから、そして実はこれが一番の動機であったのだが、昨日から良平《りょうへい》は署に泊り込みになってしまっていて、今日も帰れないという連絡を貰っていたので、メシを一人で食わなければならなかったこともあり、残業メシくらいなら付き合うか、と渋々俺は立ち上がった。

「そうこなくちゃ」

途端《と たん》にはしゃいだ声をあげた富岡に、

「B1《ビーワン》？」

社食に行くぞと言うと、

「えー、外行きませんか？」

そんな図に乗ったことを言ってくる。

「時間が勿体ないだろ」

「だって社食、マズイんですもの」

確かに美味《うま》くはないが、十分で戻れるじゃないか、と俺が口を開きかけたとき、フロアの入口から高い声が響いてきて、俺と富岡は驚いてその方を振り返った。

「ちょっと！　トミー！」

「なんだよ」

面倒くさそうな顔をした富岡の方にカツカツとヒールの音を響かせながら近づいてきたのは、人事部の女の子だった。確か富岡と同期の西村《にしむら》という事務職だ。その期でナンバーワンといわれる容姿と派手ないでたちのために学年が随分離れた俺でも名前を知っている、ちょっと目立つ女の子だった。

「なんだよ、じゃないわよ。メール見たけど、どういうこと？」

腰に手を当てて富岡を見上げる顔は、一部の隙もないくらいのフルメイクだ。もともと顔立ちが綺麗《きれい》なところにもってきてのこの化粧と、雑誌から抜け出したような服装は、残業体勢に入っていたオフィスで浮きまくっているが、長身の富岡と並んでいる姿はなかなか絵になっていて、思わず俺は二人の姿に目を奪われ、聞くとはなしに会話を聞いてしまっていた。

「どういうことって文字通りだけど？」

「文字通り？　合コン廃業が、文字通りなの？」

西村の高い声に、フロアに数名残っていた残業メンツは顔を上げ、彼らの方に注目しはじめた。気持ちはわからないでもない。富岡といえば『合コンキング』と呼ばれるくらいの有名な合コン好きだったからだ。

「そ」

その合コンキングは、簡単に頷《うなず》くと、西村を前に呆れてみせた。

「そんなことわざわざ言いに来たのかよ？」

「困るのよ。こないだの子に是非もう一回アレンジして欲しいって言われてるのに、なんで今頃合コン廃業なんてしてんのよ？」

「なんでってそりゃ、あなた」

富岡はここで、呆然と二人の会話を聞いていた俺の方をちらと見て笑った。が、西村はそれには全く気づかないようで、

「なによ、今度のカノジョが独占欲バリバリなの？」

と、先ほどまでの剣幕は何処へやら、いきなり好奇心に目を輝かせはじめた。

「まあね」

肩を竦めてみせる富岡を前に、ちょっと待てと俺は内心慌てた。二人の会話の様子から、富岡が合コンの誘いを断ったということはわかった。それだけなら俺が慌てる必要はないが、

理由を聞かれたとき、何故彼は俺のほうをちらと見たのだろう。

『独占欲バリバリのカノジョ』が富岡にいたとしても、別に俺がどうこう言うことではないけど、もしかしてそれって――などと考えている俺の心中など勿論察することのない西村は、

「そんなあ、合コンくらいいいじゃないの。言わなきゃバレないんだしさあ」

呆れながらも面白がって、ニヤニヤ笑いながら富岡の顔を覗き込む。

「でもさあ、トミーをそんな気にさせるなんて凄いよねえ」

「まあね。ベタ惚れよ」

富岡の視線がまた俺へと真っ直《す》ぐに注がれる。やっぱり、と俺は脱力し、話の終わる気配のない二人に背を向けて自分の席につきパソコンに向かいはじめた。

『独占欲バリバリ』どころか、誰かもっていってほしいと思っている俺の気持ちは富岡にはきっちり通じてると思っていたが、まだまだリアクションが甘いのだろうか、と我ながら変としか思えないことを反省している自分がまた情けない。

「お前だってカレシが合コン行ったらイヤだろう？」

「まあね」

いや、俺はお前が合コン行っても全然イヤじゃないし、と口を挟めるわけもなく、背中で続く二人の会話を聞きつつも、キーボードを打つことに専念しようと画面を睨む。

「でもさあ、今回だけ、何とかならないかな。もうＯＫしちゃってるのよ」

「ダメだって」

「お願いよ。今まで散々いい思いしてきたじゃない。最後に一回、あたしの顔立ててよ」

「散々いい思いしたのはお前だろ？」

「よく言うわ。ねえ、お願いよ。トミー」

何か相当のギブでもあるのだろうか、西村は粘りに粘る。

「もう……仕方がないな」

さすがの富岡も根負けか——本当に合コンに行かないのが俺への義理立てだとしたら、逆にバリバリ行って欲しいくらいだった俺は何となくほっとしながら背後のやり取りを聞いていたのだったが、富岡の次の言葉には思わず振り返って叫んでしまった。

「田宮さんが行くなら行くよ」

「えええーっ？？」

「ええっ？？」

俺と同時に西村も驚きの声をあげる。そりゃそうだ。既に入社七年目、合コンから遠ざかって久しい俺に声をかけること自体が驚きだ。

「なんだよ、それ」

慌てて富岡に詰め寄る俺の声に被せるように西村の、

「ダメよ！」

という高い声が響いた。いや、そりゃダメだろうけど、と少々傷つきながら彼女を見やった俺の方に、西村はいきなりつかつかと歩み寄ってきたかと思うと、更に思いもかけないことを言い出し、俺を愕然とさせた。

「田宮さんが来るなら合コンじゃなく、個人的に行きましょう！」

「ええ？」

「なんだよ、お前」

今度は俺と富岡が同時に叫ぶ番だった。西村が綺麗な顔を俺に近づけ、興奮したように輝く頬で俺に話し掛けてくる。

「私、一度田宮さんと飲みに行きたかったんですよう。ね、ね、行きましょう。二×二くらいで。ねえ、トミー、アレンジしてよう」

「駄目に決まってんだろーが！」

富岡の大声に、今度は俺と西村が思わず顔を見合わせた。

「なんでよ？」

形のいい眉を寄せ富岡を睨《にら》んだ西村に、富岡は掌《てのひら》を返したような冷たい対応となり、彼女の背を押した。

「駄目なモンは駄目。ほらあ、仕事の邪魔すんなよな？」

「なんなのよ」

西村は口を尖らせたものの、いい加減、周囲の注目を集めていることには気づいていたらしく、富岡に促されるままに大人しく退出しようとした。が、最後に振り返って、

「じゃ、田宮さん、ホントに飲みに行きましょうね！」

そう手を振られ、途端に周囲の注目が俺に移ったのには閉口した。

「本当にもう……」

やれやれ、とぶつくさ言いながら富岡が俺のところに戻ってくる。

「じゃ、ザンメシ行きますか」

笑いかけられ、そういえばそういう話になっていたんだった、と今更のように思い出したが、なんだかメシを食う気力を著しく失ってしまった俺は、

「やっぱ、仕事するよ」

と彼の誘いを断り、パソコンに向き直った。

「そう」

めずらしくも富岡は絡んでこずに、自分の席へと戻っていく。ちらと肩越しに振り返って富岡の背中を見たとき、俺の心にちくりと棘でもささったような痛みが走った。

気力でなんとか十一時前に書類を作りあげることができ、やれやれ、と俺は一気に集中力が緩んだ頭でぐるりと周囲を見回した。フロアで残っているのは俺と富岡で、富岡も何やら必死の形相でパソコンに向かっている。が、俺が出来上がった書類を課長の机に持っていこ

うと立ち上がると忙しく動いていた彼の手が一瞬止まり、ちらと俺の方を見たのがわかった。

「まだやるのか？」

多分やるんだろうな、と思いつつそう聞くと、

「田宮さんは？　アガリ？」

と富岡が椅子を回して体ごとこちらを向きながら、逆に問い返してくる。

「うん」

「お疲れでしたね。それ、課長が溜め込んでたヤツでしょ」

「よく知ってるな」

隣の課だというのにすべてお見通しというのはさすがというかなんというか、できる男は周囲への注意を怠らないというわけか、と本心から俺が感心してみせると、

「田宮さんのことならね、常にチェック入れてますから」

富岡はふざけたように笑い、くるりと椅子を回してまたパソコンへと向き直った。俺の脳裏に、数時間前の彼と西村の会話が甦る。

「あのさ」

キイを叩きはじめた富岡の背中に、俺は思いきって声をかけた。

「はい？」

「軽く飲みにいかないか？」

「え？」

富岡がいきなり立ち上がり、俺の方を振り返る。

「な、なに？」

あまりの勢いに後ずさった俺の手を取らんばかりにしながら富岡は、

「いきます！　いきましょう!!」

そう叫ぶと同時に、床に置いた鞄を手にとった。

「行きましょうってお前、パソコン……」

「つけっぱなしでいいですよ。どうせ明日やるから。さあ、早く！」

「ちょっと待て、俺もまだ帰る支度が……」

「あとあと！　さあ、気が変わる前に行かなきゃ！」

逆に追い立てられ、俺はなんとか自分のパソコンの電源だけ落としたような状態で、彼と共に社をあとにした。

「何処に行きます？」

「サントリアン」

地下鉄の駅に直結している、よく課員で飲みに行く店の名を告げると、

「あそこかあ」

と富岡は少し嫌そうな顔をした。彼のお眼鏡に適うような洒落た店ではないからだ。

「終電までな」

一応釘を刺すと、富岡はまた嫌そうな顔をしたが、今度は何も言わずに「はい」と大人しく頷き、俺たちは肩を並べて『パブサントリアン』へと向かった。

「それじゃ、お疲れ」

課長のボトルを持ってきてもらったが、今日の自分の働きを思えば酒くらい飲ませてもらってもお釣りがくるに違いない。

「お疲れ様です」

にこにこ笑いながら富岡は殆どストレートのグラスを、俺の薄めの水割りのグラスにぶつけ、一気にそれを呷った。

「飲みすぎるなよ」

「大丈夫。酒は飲んでも酒に飲まれたことはないんです」

課長のボトルだと思っているからか、富岡はどぼどぼとまた自分のグラスにウイスキーを注ぎ、啞然として見ていた俺のグラスに、チン、とまたそのグラスをぶつけた。

「それにしても田宮さんから誘ってくれるなんて、どうしたの？」

適当につまみを注文し、ウエイターを追っ払ったあと、富岡がやはりにこにこ笑いながら俺にそう問い掛けてきた。

「いや、ザンメシ断ったし……」

そこまで喜ばれるいわれはないのだけれど、と俺はぼそぼそと答えると、手にした水割りを舐めた。富岡と違って酒に飲まれたことがありまくる俺は、空きっ腹で一気飲みする勇気を持ち合わせなかったのだ。

「そんなの、いつものことじゃない。気にしなくていいのに」

「いつものことって……あのねえ」

「冗談ですよ」

あはは、と笑った富岡はまた一気にグラスを呷る。やはり空腹に飲んでいるからだろう、既に彼の頬は紅くなり、酔いで潤んでいる瞳はやけにきらきらと輝いて見えた。

「夢かと思った。ほんと、嬉しいや」

にこ、と笑った富岡の顔を見た俺の胸に、またちくりとした痛みが走る。

「……あのさ」

やっぱり――きちんとわかってもらったほうがいいんじゃないだろうか、と俺は心を決め、改めてにこにこ笑っている富岡の方へと身体を向けた。

「なに、そんな真面目な顔しちゃって」

富岡も俺の方へと身体を向ける。

「…………」

しかし、いざ口を開こうとすると、一体何と言えばいいのかわからなくなり、俺は言葉を探して少しの間黙り込んだ。

　俺にはもう好きな人がいて、お前の気持ちには応えられない――だがこの言葉は、何度となく彼には言ってきたものだ。それでも彼には通じなかったというと、一体どういう言い方をすればストレートに伝わるのだろう。これ以上ストレートじゃない言い方があるとはとても思わないのだが、と、俺は暫し考えたあと、ふと西村との会話を思い出し、ココからいくか、と再び富岡の顔を見ながら口を開いた。

「合コン、廃業したってさっき言ってたけど？」

「ああ、西村ね」

　富岡は何を思い出したのか、また少し嫌そうな顔をしたが、すぐに真剣な表情となり尋ねてきた。

「まさか田宮さん、西村みたいな女が好みってわけじゃないよね？」

「へ？」

「まあ美人ではありますがね、中味が悪い、中味が」

「あの？？」

　一体なんの話になったんだ、と首を傾げた俺を前に、富岡が忌々しそうに舌打ちする。

「田宮さんと飲みたいだなんて、百五十万年早いっつーんだよ」

「百五十万年？」

「絶対行かないで下さいよ？」

念まで押されてしまったが、実現するとは思えない話だ。そう言うと富岡は、

「わかってないなあ」

と心底呆れた顔をして、やれやれ、とオーバーな溜め息をついてみせた。

「なにが？」

「あのねえ、田宮さん、自分がどれだけモテるか、全然わかってないでしょう？」

「へ？」

真面目な顔で何を言い出すかと思ったら、と俺は思わず笑ってしまった。

「モテるわけないだろう」

誰よりモテると評判の男に言われたくはないよ、と富岡を睨むと、

「ほら、やっぱりわかってない」

富岡はまたも大きく溜め息をつき、「いいですか？」と俺の顔を改めて覗き込んできた。

「あのね、西村だけじゃないんですよ？　女子社員の間でも田宮さんは結構な人気なんです」

「よく言うよ。来年、三十だぜ？」

「年じゃないんですよ。それに大体、三十になんか見えないじゃないすか」

ああ、もう、と富岡は一人で酒を呷ると、

「ほんと、もう少し自覚を持ってもらわないと困りますよ」

と、どう考えてもそりゃないだろ、という上に、あったとしても余計なお世話なことを言い、また大きく溜め息をついてみせた。

「そ、そんなことより、お前の合コンだよ」

話が逸れまくっているが、彼を飲みに誘った本題はこっちだ。合コン廃業した理由が本当に俺にあるのなら、そんなことまでしてもらっては困るというのが俺の言いたいことだった。

「合コン？」

富岡が眉を顰《ひそ》めて問い返す。しかしなんと聞けばいいんだろう、と俺はまた彼を目の前に言葉を失ってしまった。

よく考えたら富岡が俺への義理立てから合コン廃業したというのは、単に俺がそう思っただけにすぎない。もしかしたら本当に『独占欲バリバリの彼女』に釘を刺されたのかもしれない――とは思えなかったが、だからといって俺のため、と言うのもなんだか自分の口からはとても言えなくて、

「なんで廃業なんてしたんだ？」

ぼそぼそと小さな声で尋ねると、誤魔化すようにグラスを呷った。

「どうしてって……なんで？　気になるの？」

富岡がさも面白がっているようにニヤニヤ笑いながら俺の顔を覗き込む。

「気にはならないけど……」

「ふふ、それならなんでそんなこと聞いてくるんです？」

そういう意味で気になるんじゃない、と言ってやろうかとも思ったが、それじゃどういう意味だと言われちゃ答えに困ると俺はぐっと我慢し、彼をじろりと睨んだ。

「冗談ですよ」

あはは、と富岡は心底楽しそうな声で笑うと、

「ほんと、田宮さんらしいなあ」

そう言い、目を細めるようにして俺に微笑みかけてきた。

「え？」

「自分のせいだと思ったんでしょ？」

ずばりと言われてしまい、俺は一瞬言葉に詰まった。と、富岡はまた、あはは、と声をあげて笑ったあと、

「『独占欲バリバリの彼女』のせいじゃないことはバレバレですからね」

と手の中のグラスを呷り、カタン、とテーブルに音を立てて置いた。

「……あのさ」

言いづらくはあったが、やはり俺への義理立てから合コン廃業宣言されたとなると、きちんとわかってもらわなければならないような気がした。俺はできるだけ彼を傷つけないよう

な言葉を選ぼうと努力しつつ再び口を開いた。

「本当に申し訳ないと思うんだけど、俺はやっぱり、どうしてもお前の気持ちには応えられないんだ。俺は……」

「わかってますって」

富岡はまた大きな声で笑ったあと、俺の手の中のグラスへと手を伸ばしてそれを奪い、一気に中の酒を呷った。

「富岡……」

「ああ、もうボトルもあいちゃいますね」

二人分のグラスに酒を注ぎ足し、はい、と富岡は俺にグラスを手渡すと、

「そんなこと、わかってますよ」

また目を細めるようにして笑い、話を戻した。

「……え？」

「田宮さんが僕のことを好きじゃないなんてことは、勿論僕だってわかってるんですよ」

カラン、と手の中のグラスの氷を揺らし、富岡は独り言のように言うと、ね、と俺に向かって微笑みかけてきた。

「……それならなんで合コン廃業なんて……」

富岡のこんな笑顔を俺は今まで見たことがなかった。人を小馬鹿にしたような顔で笑った

り、ニヤニヤと意味深に微笑みかけてくることは数えられないくらいあったが、今みたいに、どこか儚くさえ感じるそんな顔で笑う彼の表情を、俺は初めて見たような気がした。

「……田宮さんのせいじゃないですよ」

カラン、とグラスを傾け、富岡はまた儚げにすら見える微笑を浮かべて俺を真っ直ぐに見返した。

「え……」

「合コンに行ってもちっとも楽しくなくなっちゃったんですよ。飲んで騒いで、気に入った女の子の電話番号聞いて……そんな時間過ごすのが馬鹿馬鹿しくなってしまった、それだけです。そんな時間過ごすくらいなら、一人で田宮さんのこと考えていたほうがどれだけ楽しいかわからない」

「富岡……」

俺はますます言葉を失い、冗談ですけどね、と笑いかけてきた富岡を黙って見返すことしかできずにいた。

「だからね、田宮さんが気にすることなんか何もないんですよ。こんなふうに飲みに誘ったりして気ぃ遣うことなんか、全然ないんですから」

気を遣っているのは彼だというのに、空元気《からげんき》としか聞こえない笑い声をあげた富岡は、ばん、と俺の背中を叩いた。

「……でも……」

「そんな気ぃ遣ってくれると、まだ望みありなんじゃないか、って思っちゃいますよ？」

あはは、と笑いながら富岡が俺の顔を覗き込んでくる。

「それは……」

俺が何を言おうとしたのか察したように富岡はまたあの儚げな微笑を浮かべると、

「なんてね」

と呟き、グラスの酒を呷った。

「…………」

ごめん、と言う言葉が喉元まででかかったが、それを言ってしまうことは何故だか酷く躊《ため》躇《ら》われ、グラスの酒でそれを喉の奥まで押し流した。富岡はちらとそんな俺を横目で見たあと、またカラン、と空のグラスを手の中で傾け、

「……ほんとにね、そんなあなたに惚れるなって方が無理ですよ」

おどけた口調でそう言うと、そろそろいきますか、とグラスをカタンとテーブルに戻した。

「タクりますか？　送りますよ」

「いや、まだ電車あるから」

そう答え、俺が一階下にある地下鉄の改札へと向かいかけると、富岡は俺と並んで歩くこ

となく、

「それじゃ、僕は会社戻ります」

と俺を驚かせることを言い、足を止めた。

「うそだろ？」

「ほんと」

それじゃ、と踵《きびす》を返そうとした彼の腕を、俺は思わず摑んでしまった。富岡が驚いた顔をして俺の方を振り返る。

「……あのさ」

そんな無理をしてまで、俺の誘いを受けることはない——そう言おうとしたのがわかったのだろうか。富岡はにっと笑うと、

「だから、あなたが気にすることじゃないって言ったでしょ」

と片目を瞑《つぶ》った。

「終電、あと二分で出ますよ」

それ以上俺に何も言わせまいとしたのだろう、富岡が腕時計を見るふりをして、俺の手を振り解《ほど》く。

「富岡……」

「それじゃ、また明日」

片手を上げ、踵を返した彼の背中が、次第に俺から遠ざかっていく。

「…………」

どうしたらいいんだ、という思いと、どうしようもないじゃないか、という思いがないまぜになって俺の胸に渦巻いていた。

そのとき終電到着のアナウンスが階下から微かに聞こえてきた。一度も振り返ることなく歩いていく富岡の背中から目が離せずじっと見送ってしまっていた俺は、そのアナウンスに我に返ると、慌てて階段を駆け下り、改札へと走った。

何故だか無性に、良平の顔が見たくなった。

なんか…
富岡くん
連日のように
ウチ来てへんか？
アランが
待ち伏せを
やめないいん
ですよ…
いっそ
引っ越そう
かなあ
キリないだろ
どっか世話に
なれるとこ
無いの？
しばらく
居候させて
もらうとか
居候…
あっ
こちら結構
広いですよね
アーカン!!
ウチに
絶っっっ対に
アカンで
チッ
はぁ…
高梨さんは
肉食獣を相手にする
怖さを知らないから…
力で敵わない
相手に 四六時中
つけ狙われる
ストレスとか
奴らが
いったん獲物に
狙いを定めたら
どれだけ執念深くて
しつこいか…
高梨さんには
そんな恐怖なんて
わかんないでし
わかるで!!!
えっ!?
わかるとも…!
…良平？

✦初出　罪な片恋…………………………書き下ろし
愛しさと切なさと……………個人サイト掲載作品（2003年5月）

愁堂れな先生、陸裕千景子先生へのお便り、本作品に関するご意見、ご感想などは
〒151-0051 東京都渋谷区千駄ヶ谷 4-9-7
幻冬舎コミックス　ルチル文庫「罪な片恋」係まで。

幻冬舎ルチル文庫

罪な片恋

2012年1月20日　第1刷発行

✦著者	愁堂れな　しゅうどう れな
✦発行人	伊藤嘉彦
✦発行元	株式会社 幻冬舎コミックス 〒151-0051 東京都渋谷区千駄ヶ谷 4-9-7 電話 03(5411)6432［編集］
✦発売元	株式会社 幻冬舎 〒151-0051 東京都渋谷区千駄ヶ谷 4-9-7 電話 03(5411)6222［営業］ 振替 00120-8-767643
✦印刷・製本所	中央精版印刷株式会社

✦検印廃止

ISBN978-4-344-82417-1　C0193　Printed in Japan

「幻冬舎ルチル文庫」

大好評発売中

田宮吾郎は、恋人で警視庁警視の高梨良平と幸せな同棲生活を送っている。ある日、殺人事件の捜査で忙しい高梨のもとに、「死ね」「殺す」と書かれた脅迫状が舞い込む。しかし高梨に送り主の心当たりはない。一方、田宮は、宅配便の配達員で華奢な美少年・朝阪が困っているのを手助けし、彼と言葉を交わすようになるが……!?

発行●幻冬舎コミックス　発売●幻冬舎

愁堂れな
『花嫁は三度愛を知る』
若くして昇進し“高嶺の花”と称される美貌の警視・月城涼也は、ICPOの刑事であるキース・北条と遠距離恋愛中。そんな中、キースの追っている怪盗「blue 「ose」からの予告状が届く。キースが来日すると思いきや、担当が変わったと別の刑事が来日。帰宅した涼也の前に、「blue 「ose」の長・ローランドが現れる。キースから連絡もなく落ち込む涼也は……。
イラスト
蓮川愛
560円(本体価格533円)